集英社オレンジ文庫

映画ノベライズ

うちの弟どもがすみません

宮田　光
原作／オザキアキラ
脚本／根津理香

成田類
四男、小学三年生。甘えん坊な一家のアイドル。
長男、高校二年生。糸より誕生日が一日遅い。クールだけど家族想い。
成田源
成田糸
長女、高校二年生。母の再婚＆両親の転勤で成田家で四人の弟たちと暮らすことに。小さなころから家事を担ってきたしっかり者。

UCHINO OTOUTO
DOMO GA
SUMIMASEN

CONTENTS

成田洛

次男、高校一年生。
落ち着いた性格で
兄弟のバランスを
とっている。

CHARACTERS

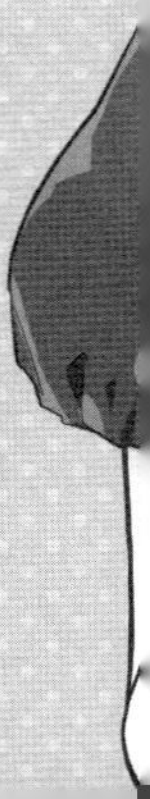

成田柊

三男、中学三年生。
ミステリアスなシャイボーイ。

イラスト／オザキアキラ

映画ノベライズ

うちの弟どもがすみません

プロローグ

ある春の日――。

風に運ばれた桜の花びらが、薄紅色《うすべに》の絨毯《じゅうたん》となって駅前を彩る。

母のさほが見送りにきた知り合いに頭を下げる横で、糸《いと》はそわそわと落ち着かなく体を動かした。

「糸！」

待ち望んだ声が聞こえ、糸ははっと顔を上げた。幼なじみの央太《おうた》とメグが駅を目指し、懸命に坂を駆け上がってくる。

糸は安堵《あんど》の笑みで二人を迎えた。

「間に合ってよかった。来てくれてありがとう」

そう感謝を伝えると、央太は息を切らしながら「もちろんだよ」と答えた。隣で脇腹を押さえるメグも、こくこくとうなずく。

糸は二人と一緒に改札をくぐった。挨拶《あいさつ》を終えた母もあとからついてくる。

「向こうに行っても元気でね」

ホームに立つと、メグは大きな瞳いっぱいに涙をためて言った。央太はぐすんと鼻を鳴らす。

「毎日いやがらせ電話してやるからな！」

さみしいと全身で語る二人の幼なじみに、糸はゆったりと笑んでみせた。

「絶対に幸せになるから」

そう。絶対にだ。

だから心配なんて、一つもいらない。

「おう。絶対に幸せになれよ」

央太がこぶしをかかげた。そこへ二両編成の電車が近づいてくる。

迫る別れの時に、糸はバッグの持ち手を強くにぎりしめた。

「それじゃあ、バイバイ」

糸は母とともに電車に乗った。席に着いて窓を開けると、メグと央太は乗りこまんばかりに電車に身を寄せた。

「また帰ってきてね」

「頑張れよ！」

発車を告げるアナウンスが響き、二人は慌てて身を引いた。

糸は窓から顔を出した。

「ありがとう！」

精一杯声を張り上げると、電車が動き出した。

メグと央太が駆け出し並走する。しかし、田舎《いなか》の小さなホームだ。すぐに突き当たりにぶつかって足を止めた二人は、それでも「バイバイ」と手を振り続けた。

糸もまた大きく手を振り返す。

「元気でね！」

電車がスピードを上げていく。メグと央太の姿は小さくなり、やがて完全に見えなくなった。

途端、必死にこらえていたものがあふれ出した。

ずるりと席に座りこんだ糸は、両方の目からぼたぼたと涙をこぼした。

嗚咽《おえつ》をもらす糸の頭を母が優しくなでる。

「またすぐに会えるよ」

「うん……」

糸は涙をぬぐい、窓の外に目を向けた。慣れ親しんだ景色が、にじんだ視界を通り過ぎていく。

さようなら……。

山と川に囲まれた美しい故郷、そして幼なじみたちに心の中で別れを告げる。

親友とは離れ離れになったけど……。

今日から新しい街で、新しい生活が始まる。

1

UCHINO
OTOUTO DOMO GA
SUMIMASEN

地元から電車とバスを乗り継いで数時間。辿《たど》り着いたのは、閑静《かんせい》な街だった。

糸《いと》は周囲を見回した。糸が暮らしていた町よりはずっと栄えているが、それでいて落ち着いた風情《ふぜい》もある。

「いいところだねぇ」

「ほどよく自然もあって静かでしょ」

母は糸を坂の上にある住宅街に連れてきた。地図を映したスマホをにぎるその手の薬指には、真新しいプラチナの指輪がはめられている。

母が再婚を決め、糸は蓮井《はすい》糸から成田《なりた》糸へと姓を変えることになった。

母は糸が再婚を受け入れられるかひどく気にしていたけれど、不満なんてあるわけがない。

糸の実父は糸が幼いころに出ていった。以来、母は女手ひとつで懸命に自分を育ててくれた。

新しい旦那《だんな》さんと幸せになってほしいと言ったら、「糸ちゃんも一緒に幸せになってほしいの」と言われた。

……そうだよね、お母さん。私たち三人で、幸せになろうね。

糸は母のうれしげな横顔を見上げた。

地元を離れたことはさみしい。けれど、新しい生活を楽しみに感じているのも事実だ。

高鳴る胸を押さえたその時、母は「ここよ」と足を止めた。

「ここが新しいお家よ」

母が指差したのは、レトロな趣《おもむき》のある二階建ての家だ。ツタが絡んだ門の表札には「成田」と書かれている。

母は玄関のチャイムを鳴らした。すると、「はーい」と男の声が応えた。

「いらっしゃい。よく来てくれたね」

ドアを開けたのは、四十代ぐらいの長身の男の人だ。優しげな面立《おもだ》ちのその人を糸は緊張して見上げた。

この人が、新しいお父さん……。

「こんにちは」

にこやかに言った母にそっと背を押され、糸は深々と頭を下げた。

「初めまして。娘の糸です」

「初めまして。成田勲《いさお》です」

穏やかな笑みを向けられ、糸はほっとした。自分も家族として歓迎されていると、そう思えた。

多忙な母に代わって家事をこなすのは糸の役目だった。糸にとって料理も掃除《そうじ》も洗濯《せんたく》も負担ではない。むしろ趣味といえるぐらいに好きなことだし、母から頼られるのも感謝されるのもうれしかった。

今時、一人親の家庭なんて珍しくはないし、だからといってこれっぽっちも不幸ではないことは身を以《もっ》て知っている。

それでも――。

それでも、あこがれはあった。

お父さんとお母さんがそろっている、ごく普通の温かな家庭というものに。

「さぁ、入って入って」

勲に招かれ、糸は家に足を踏み入れた。

「お、おじゃまします」

ここが新しい家……。

しみじみと感動を味わっていると、奥に見えるダイニングから二人の少年が姿を見せた。

一方は十歳ぐらい、もう一方は糸と同じ年ごろだ。

勲以外の誰かが家にいるとは思っていなかった。困惑した糸は玄関にやってきた少年たちをまじまじと見つめた。

「待ってたよ。お姉ちゃん」

年少の少年は、無垢《むく》そのものといった笑顔を糸に向けた。目鼻立ちのはっきりとした可愛《かわい》らしい顔立ちを、少し癖《くせ》のある髪の毛が取り囲んでいる。

……ん？

突然の「お姉ちゃん」呼びに、糸はとまどう。そこへ間髪《かんはつ》容《い》れずに年嵩《としかさ》の少年が、

「ようこそ。成田家へ」

と、さわやかに微笑《ほほえ》んだ。

こちらの少年はすっきりと端整に整った顔立ちだ。つややかな黒髪とメタルフレームの眼鏡《めがね》が、知的な雰囲気《ふんいき》を際立《きわだ》たせている。

どういうこと……？

助けを求めて母を見ると、母は満面の笑みで糸の肩に手を置いた。

「びっくりした？　糸ちゃんの弟たちよ」

――弟⁉

びっくりどころの話ではない。言葉が出せない糸に、母は少年たちを紹介した。

年少の男の子が類《るい》、この春から小学三年生になるそうだ。もう一人の眼鏡の少年は洛《らく》といい、糸より一つ年下の高校一年生だという。

くらりとめまいがした。

ほんわりとしていてちょっと天然なところのある母だ。突飛《とつぴ》な行動には慣れているが、これはサプライズが過ぎる。

事前に知らせてほしかった。心の準備をさせてほしかった。父親ができるというだけでも一大事なのに、加えて弟。しかも二人なんて……。

「どうぞ」

洛に勧められ、母は「おじゃましまーす」と家に上がった。

まだ衝撃が抜けきらない糸は、その場に立ち尽くす。

と、廊下《ろうか》の向こうにある洗面所から、だぼついたパーカーを着た少年が出てきた。フードを目深《まぶか》にかぶっているせいで、顔はよく見えない。

……え？　もう一人？

「ほら、柊《しゅう》もあいさつして」

そう促す洛を無視し、柊は早足に階段を上がった。糸の視線を断ち切るように部屋に入ると、バタンとドアを閉める。

「すみません。今はちょっと、色々あって……」

気まずげに二階を見上げた洛は、「とりあえず、中へ」と糸を招いた。

「……あ、はい」

どうにか動揺《どうよう》を抑えこみ、糸は家に上がった。洛のあとを追ってダイニングに入ると、その奥に続くリビングが見えた。

えっ、と糸は目を見開いた。

リビングのソファーには、また別の少年が座っていた。

さらにもう一人⁉

「ほら、源《げん》もあいさつして」

洛に催促《さいそく》され、源と呼ばれた少年はしぶしぶというように立ち上がった。糸の前までやってきた彼を、洛は「長男の源です」と紹介した。

類や洛という前例に漏《も》れず、源の容姿もすこぶる整っていた。

根本から綺麗《きれい》に染められた明るい髪に、両耳に光る銀色のピアス。不良っぽい出で立《た》ちを洗練させて見せるのは、冷めた美貌《びぼう》と均整の取れた体軀《たいく》のなせる業《わざ》だろう。

「……どうも」

長身の源は、はるか高みから糸を見下ろした。そのまなざしの鋭さに糸は圧倒される。

「ど、どうも……」

おずおずと頭を下げる。が、源は興味がなさそうにふいと顔をそむけると、リビングから去っていった。

弟が四人も……！

現実を受け止めきれずぼう然とする糸をよそに、勲と母がダイニングテーブルに寿司を並べ始めた。

「糸ちゃん、お寿司は好き？」

「す、好きです」

「よかった」

微笑んだ勲は「どうぞ、座って」と椅子《いす》を引いた。

糸は小さく頭を下げ、椅子に腰かけた。

見回したダイニングには、幼いタッチの絵がそこかしこに飾られていた。類のものかと思いきや、他の三人の名前もあった。

成田家の温かな歴史を目にし、ふっと心がなごむ。

「醤油《しょうゆ》はどこ？」

「皿が足りないよ」

洛と類が台所とダイニングをバタバタと往復する。

そんなふうにせわしなく、それでいて楽しそうに食事の準備をする勲たちの姿を見つめていると、ようやく緊張がほどけてきた。

糸は肩から力を抜く。

今はとにかく、新しい家族の門出《かどで》を笑顔で祝おう。

幸せな未来が私を待っているのだから。

2

UCHINO
OTOUTO DOMO GA
SUMIMASEN

駅に着き、央太《おうた》は自転車を下りた。改札をくぐり、先に来ていたメグに「おはよう」と声をかける。

「おはよう、央太」

メグも返す。二人並んで電車を待っていると、メグのポケットにあるスマホがピコンと鳴った。

「あ、糸《いと》ちゃんからだ」

スマホを確認したメグはうれしげに言ったが、しかしすぐに「えっ」と表情をくもらせた。

何事かと横から画面をのぞいた央太は、表示されたメッセージに驚愕《きょうがく》する。

『実は新しいお父さん　北海道に転勤しちゃったんだ　しかもお母さんも一緒についていくことに……』

「糸ちゃんのお父さん、転勤しちゃったの？」

「しかも『お母さんも一緒に』って……あいつ、大丈夫か？」

まさか急展開に困惑していると、新たなメッセージが届いた。

『そんなわけで、今、弟たちと暮らしています』

央太とメグは目を見合わせた。

ここから旅立った親友は、はたして宣言通り幸せになれるのだろうか。

＊＊＊

——央太、メグちゃん、心配しないで。私はお姉ちゃんらしく、お姉ちゃんを頑張っています。


平日の朝。

制服の上にエプロンをつけた糸は、グリルから焼き上がった鮭《さけ》の切り身を取り出した。

「糸ちゃーん、ゴメスしらない？」

パジャマ姿の類《るい》がダイニングに入ってきた。糸はテーブルに並べた皿に鮭をのせながら、

「あー、ソファーにいたよ」

「あ、ゴメス。こんなところにいたの」

リビングに入った類は、ソファーに鎮座するカエルのぬいぐるみを「ごめんねぇ」と愛《いと》しげに抱き上げた。

「さみしかったでしょ？　今日は一緒に寝ようね」

続いてシャツを持った洛《らく》がやってきた。

「姉さん。シャツにアイロンまでかけてくれたの？」

「うん。ついでに」

「なんだか悪いね。ありがとう」

「いいえー」

糸は温野菜のサラダを盛りつけ始めた。そこに不機嫌な源《げん》の声が響く。

「おい、勝手に洗濯《せんたく》すんなって言ったろ」

「ごめん。天気良かったから、つい」

「余計なことしやがって……」

不満も露わな源に目も向けず、糸はサラダを完成させた。仕上がりに満足し、「よしできた」と声を弾ませる。

「みんなー、できたよー」

ダイニングテーブルにサラダを置き、顔を上げる。と、着替えをする洛と類の姿が目に飛びこんできた。

「鮭、おいしそう」

上半身裸で朝食を見やった洛から、糸は慌てて顔をそむけた。

すると今度は、シャワー上がりらしく、髪を濡らした源の姿が目の前に現れる。パンツ一丁《いっちょう》だ。首にかけたタオル以外、上半身にはなにも身に着けていない。

源は髪をかき上げ糸を見下ろした。こぼれた水滴がつぅー、と引き締まった腹筋をたどる。

母一人娘一人の生活では決して見なかった光景に、糸はたじろいだ。

一体どこに視線を置けというのか。糸はバッと源たちに背を向けて叫ぶ。

「あ、朝ごはんですっ！」

「はい、洛くん」

ごはんをよそった茶碗《ちゃわん》を渡すと、洛は「ありがと、姉さん」と微笑《ほほえ》んだ。

「糸ちゃんのごはん最高！」

卵焼きを口いっぱいに頬張《ほおば》った類が言う。その右頬に米粒が一粒ついていることに気づき、糸は笑って自分の右頬を指差した。

「類くん、ここ」

「あっ」

照れた様子で右頬に手を伸ばした類は、米粒を取ると、パクリと食いついた。糸と二人、目を見合わせてふふっ、と笑う。

「僕もおかわり」

類から差し出された茶碗を、糸は「いいよ」と受け取った。

いそいそと席を立ち、炊飯器《すいはんき》の蓋《ふた》を開ける。

次男と四男は初日から糸に好意的だ。

食事を作れば必ず喜んでくれるし、洗濯をすればありがとうと感謝してくれる。糸としては、二人とは着実に姉弟としての関係を築いていけているように思えた。

「源くんも、おかわりたくさんあるからね」

しゃもじを手に、糸は源ににっこりと笑いかけた。すると源は、叩きつけるように箸《はし》を

置き、

「姉ちゃんヅラすんなよ。年変わんないし」

と、対抗心に満ちた視線を糸に向けた。

問題はこの長男である。

両親が旅立って一週間以上が経つが、源の糸に対する当たりは相変わらず強い。糸と仲良くするつもりは少しもないらしい。

「……生まれは私のほうが早いので」

自分は姉なのだ。弟のこのくらいのヤンチャには目をつむってあげよう。

悠然《ゆうぜん》とごはんをよそってみせる糸に対し、源はなおも強い口調で反論する。

「たった一日だろ」

「でも姉ですから」

ここは大人の対応だ、と自分に言い聞かせながら糸は笑顔を作る。

「まぁまぁ、姉さんも源も」

洛が仲裁《ちゅうさい》に入った。類に茶碗を渡した糸は、席に着いて源を見やる。

「無理に食べなくてもいいですけど」

皮肉をこめて言うと、源は「は？　食べるけど」と、意地になってガツガツと米を口に運んだ。

漂う剣呑《けんのん》な空気に、糸はガタリと椅子《いす》を揺らして立ち上がった。いら立ちを抑えるため、台所で手を洗う。

そんな二人の姿を見やり、洛はため息をついた。


登校の時間が迫り、類と洛が慌ただしく階段を下りてきた。盆に朝食をのせた糸は、二人と入れ代わりに階段を上る。

柊《しゅう》の部屋のドアには、ペタペタと何枚もの貼り紙がしてあった。そのすべてに「入らないでください」と書いてある。

転居初日に一瞬姿を見ただけで、以来柊とは会えていない。風呂やトイレは家族と鉢合《はちあ》わせないタイミングを狙ってすませているようだ。

勲いわく、柊は極度の恥ずかしがりやで、ここ一年ほどは部屋に閉じこもり、家族にさえあまり姿を見せないそうだ。

それはもはや恥ずかしがりやの域を越えているのでは、と糸は思わずにはいられない。

柊は今、中学三年生だが学校には通っていない。

中学二年の初めごろまでは自室に閉じこもることなく普通に過ごし、通学もしていたらしいが、それ以上の情報はまだ知らされていない。

聞きたい気持ちはもちろんあるが、踏みこみ過ぎるのもよくないような気がした。

糸はドアをノックした。

「柊くん。ごはん、置いておきます」

声をかけるが、返事はない。

糸は盆をドアの前に置いた。立ち去ろうとするが、いまだ顔も知らぬ弟がどうしても気になり、柊の部屋を振り返る。

いつか顔を見せてくれたらうれしいんだけど……。

糸は肩を落とし、階段を下りていった。

＊＊＊

二年三組の教室に、下校のチャイムが鳴り響いた。

源は気怠《けだる》い手つきで筆記用具をペンケースにしまった。そこへ友人の行友《ゆきとも》がいそいそとやってくる。

行友は源の机に寄りかかると、へらりと笑い、

「で、なんて呼んでるの？」

「は？」

源の冷えた視線を気にせず――あるいは気づいていないだけかもしれないが――、行友は楽しげに続ける。

「姉ちゃん？　姉貴？　まさか……ねえね⁉」

「行友」

源の前の席で読書をしていた相楽《さがら》が、窘《たしな》めるように声をかけた。

「だってだってぇ、相楽も気になるでしょ？」

行友はふざけた調子で相楽をつついた。

源は腕を組んで、

「つーかなんて呼んでいいか、わかんねぇし」

親同士が結婚したからといって、同い年、しかもたった数日しかともに暮らしていない人間を「姉」と認めることはできない。

「……姉上？」

相楽の古風すぎる提案に、行友は「いやいやいや」と首を振った。

源もあきれて、

「ほら、あれだぞ」

と、机に突っ伏して寝こける糸を指差した。

＊＊＊

「糸ピッピ」

つんつんと、頰をつつかれる感触に、糸はゆっくりとまぶたを持ち上げる。

「もう放課後だよ」

友人であるリオの言葉を受け、完全に目が覚めた糸は、机からがばりと身を起こした。

「え、寝てた……？」

教室を見回すと、クラスメイトたちはそれぞれ帰り支度《じたく》をしたり、固まっておしゃべりしたりしている。

糸は口の端についたよだれをぬぐい、荷物をまとめ始めた。五限辺りから記憶が飛んでいる。爆睡していたようだ。

「お疲れ？　転校して間もないしね」

背後の席の萌音《もね》が、労《ねぎら》うように言って立ち上がった。

「やっぱ弟たちのお世話が大変なんじゃない？」

と、リオは期待に満ちた目を糸に向ける。

糸は源や洛と同じ高校に転校した。クラスは源と同じ二年三組だ。二人が義理の姉弟であることは、転校初日にクラスメイトたちに伝えている。

「ぜんっぜん。だって私、お姉ちゃんですから」

胸を張って言うと、リオと萌音は意味ありげに目配せし合った。

「じゃ、お姉ちゃんに聞いちゃうんだけど……」

「成田《なりた》って、家ではどんなカンジ？」

肩越しに源を見やった二人は、興味津々《しんしん》の様子で尋ねてきた。

転校初日、糸はクラスメイトに囲まれ質問攻めにされた。自分についても聞かれたが、ほとんどが源に関することだった。

どうやら源はクラスの人気者らしい。

源に対する好意の延長のおかげで、「成田の姉」である糸はすぐにクラスに温かく受け入れてもらえた。

「どんなって……」

糸の脳裏《のうり》に、肩にタオルをかけた上半身裸の源の姿が浮かんだ。

「裸？」

おぉっ、と黄色いとうより野太い悲鳴が、リオと萌音から上がった。

糸は続けて、

「普通にウロウロ……」

「裸で……」

「ウロウロ……」

大きな衝撃だったらしく、二人はうろたえた。そこに、

「おい！」

と源が肩をいからせ近づいてきた。

源は糸をひとにらみすると、がしりと手をつかんで、

「……ヤオヒロのタイムセール」

ぼそりとつぶやかれた言葉に、糸は「あっ」と声を上げた。

「忘れてた」

今日は卵の特売日だ。一人一パックしか買えないので、上の姉弟三人で高校の帰りに買

ってこようと約束していたのだ。

「早く行くぞ」

源は糸の手を引っ張って教室を出た。

糸は手を引き抜こうとするが、源は「黙ってついてこい」と離さない。

廊下《ろうか》まで出てきたリオと萌音はそんな二人を見送り、

「義姉弟《ぎきょうだい》最高……」

「推せるわー」

と、感極まった。

源に手を引かれたまま階段を下りていく。

一見すると手をつないで歩いているような二人の姿に、行き交う女子たちが好奇の目を向けてくる。

「あ、成田だ！」

「あれ、お姉さん？」

「ど、どうも。こんにちは」

思わぬ注目に糸がぺこぺこと頭を下げると、源は「いいから」とさらに強く手を引っ張った。

なにをどう勘違いしたのか、女子たちから悲鳴じみた声が上がった。

「ちょっと、痛いよ」

糸は顔をしかめる。昇降口に着くと、源はやっと糸の手を離した。

「人んちのこと、ペラペラしゃべんなよ」

イライラとした口調で言われ、糸もカチンときて強く言い返す。

「聞かれたからつい」

「だからって裸とか」

「あ、下は穿《は》いてたか」

「そういう問題じゃねえ」

ギスギスとした空気が漂う。

源と話すといつもこうだ。お互いに張り合って、とげとげしい態度を取り合ってしまう。

「まあまあ」

リュックを背負った洛が二人に近づいてきた。

「みんなに聞こえてるよ」

あきれた顔で指摘され、糸も源も気まずく押し黙った。


スーパーヤオヒロ。特売商品を紹介するアナウンスが響く中、カートを押す源は卵のパックを手に取った。

賞味期限を確認し、カゴにしっかりと三パックを入れる。と、横から洛が軽い調子で、

「いいじゃない。姉さんの友達作りに協力してやれば？」

「調子くるう」

源はカートを押して歩きだした。その後を追った糸は、「ごめんねー」とカゴにウインナーの袋を入れた。

「家族がクラスの人気者なんて、ついうれしくなっちゃって」

あんなふうにクラスメイトから愛されるには、見た目の良さだけでは足りない。それ以外の魅力を源は持っているのだ。

自分はまだそこまで源を知れていないけど、家族として暮らしていけば、きっとすぐにわかるはずだ。

「人気者」

からかいまじりに洛に言われ、源は「そんなんじゃねえし」とうるさそうに顔をしかめた。

「照れちゃって」

にやりと笑う洛に、糸も「ねぇ」と調子を合わせる。

三人はデザート売り場へ向かった。

源は特売の三個入りのプリンを手に取った。その隣で何気なく売り場を見渡した糸は、瓶《びん》入りのいちごプリンに目を留めた。

ピンク色のプリンの上に、果肉入りの赤いソースがたっぷりかけられている。

「おいしそう」

思わず手に取る。しかし三百五十円と書かれた値札に気づき、糸は動きを止めた。

普段のおやつに、この値段は贅沢《ぜいたく》すぎだよね……。

しばし思い悩んだ末、そう結論付けた糸は、名残《なごり》惜しくもプリンを棚《たな》に戻した。

そんな姿を源に見られているとは、露とも知らずに――。


夜、二階に上がった糸は、柊の部屋の前に空《から》になった食器が置いてあるのを見つけた。盆を持ち上げ、ドアをノックする。

「あの、柊くん」

返事はない。ただ、断固拒否のオーラだけがドアを通り越して伝わってくる。

「えっと、あの……」

「ほうっておけ」

源が階段を上がってきた。そう言われても、もう何日も姿を見せない弟を放置してはおけない。

糸はドアを見つめた。

「せめて生きてるかどうか確認くらいは……」

「飯は食ってるんだから大丈夫だろ」

源は空になった食器を一瞥《いちべつ》した。

「そうだけど……。でも、家族でしょ。心配じゃないの？」

ここまで自室に閉じこもりきりというのは、やはり恥ずかしがりやで済ませるには度を越しているように思える。

柊にはなにか手助けが必要なのではないだろうか。

「居場所を作ってやるのも、家族だと思うけど」

源はさらりとそう言うと、自分の部屋に向かった。

なるほど……。

糸は一人うなずいた。腑《ふ》に落ちたものがあった。

源は柊を放置しているのではない。待っているのだ。それが柊にとっての最善だと信じて。

「柊くん。おいしかった？」

糸はドアに向かって笑顔で語りかけた。

「食べたいものとかあったら教えてね」

自分が作った食事を食べる柊の姿が見たい。

そんな願いを胸に答えを待つが、聞こえてくるのはカタカタとキーボードを打つ音だけ。

結局、柊はなんの反応も返してくれなかった。

ピピピとスマホのアラームが鳴り、糸はベッドから身を起こした。重いまぶたを無理やり持ち上げ、カーテンを開け放つ。

朝の光がまぶしく差しこみ、糸は目を瞬かせた。

今日は休日だ。

しかし、のんびり寝てはいられない。

朝食を作って、みんなの布団を干し、リビングの床を磨《みが》き上げる。おまけに窓掃除《まどそうじ》をするつもりだ。

そうやって姉としてのポイントを着実に積み上げ、弟たちの──特に源からの──信頼を手に入れるのだ。

糸は一階に下りて洗面所に向かった。当然一番乗りだと思っていたのだが、台所に人の気配があり、そちらに足を向ける。

「あれ、源くん。早いねぇ」

部屋着姿の源が冷蔵庫をのぞいているのを見つけ、糸はいそいで台所に入った。

「お腹空《す》いた？　いいよ、私が作るから」

源を押しのけ、冷蔵庫から卵と豆腐を取る。

源は昨日、ファミレスのアルバイトで帰りが遅かった。疲れているはずだ。

「バイトで遅かったんでしょ。ゆっくり寝てて」

作業台に食材を置き、いそいそエプロンを身に着けながら言うと、「チッ」といかにも不機嫌な舌打ちが返ってきた。

「え……」

糸は源を見返した。

しかし源は糸と目を合わせることなく、台所から出ていった。

＊＊＊

「ただいま」

コンビニの袋をぶら下げた源は家に入った。そこへ洛が「なぁ」と話しかけてくる。

「姉さんが頑張りすぎてる」

「は？」

「源からも言ってもらえると有り難いんだけどねぇ……」

洛は腕を組んで庭を見やった。そこには鼻歌を歌いながら洗濯物《せんたくもの》を干す糸の姿がある。

源はうんざりとした気分で息をついた。料理だ掃除だと毎日毎日張り切っているが、一体なんのつもりなのか。

「知らねえよ。ほっとけば」

「俺らのパンツまで洗濯されたぞ」

衝撃の発言に、源は弾かれたように動き出した。

ダイニングに入って庭を見ると、ピンチでつるされた己の下着が、糸のすぐそばで風にゆらゆらと揺れている。

源はいそいで庭に下りた。乱暴に下着をはぎ取ると、糸はきょとんとした顔で源を見上げる。

「……頼むからさ、もっと普通にしててくんない？」

大声を出したい気持ちを抑え、源は言った。

しかし糸は気にしたふうもなく、

「前からこうやってしてるし……」

パンパンッ、と洗濯物のシワを伸ばすのんきなその姿に、いら立ちが頂点に達した。

「バカなの？」

源は糸の手首をつかんだ。

「頼んでもないことされて、俺らが喜ぶと思ってんの？」

言葉は自分で思った以上にきつく響いた。

びくりと身を強張《こわば》らせた糸は、ついで視線をさまよわせた。

「……ごめんなさい」

ようやくというようにそう口にした糸は、洗濯物を残して家に上がると、源に頭を下げた。

「……気づかなくて……ごめんなさい」

糸はリビングを出ていった。消沈した後ろ姿を見送った洛が、もの言いたげな視線を源に向けてくる。

「……なんだよ」

「……あそこまで言えとは頼んでないけど」

言い過ぎたとは源自身も感じていた。

後味の悪さに黙りこくっていると、リビングで一部始終を見ていた類が、源のもとに駆け寄ってきた。

類は源の胸をぽこん、とたたくと、キッとにらみ上げた。糸を傷つけたことに腹を立てているのだ。

「……メシの材料買ってくる」

源は家に上がって玄関に向かった。

その背中に類が叫ぶ。

「あほ！　源くんのあほ！」

源は頭をかいた。

確かに、弟の言う通りかもしれない。

＊＊＊

自室のベッドに横たわる糸は、鬱々《うつうつ》とした気分で寝返りを打った。

源の言葉はもっともだ。

誰からも頼まれていない。家事をやってくれとも、お姉ちゃんになってほしいとも――。

役に立てれば、認めてもらえると思っていた。

でも、そもそも源は「お姉ちゃん」なんてこれっぽっちも必要としていない。糸がなにをしようとしまいと、意味なんてなかった。

テーブルの上でスマホが鳴った。ベッドから下りて確認すると、メグと央太からメッセージが届いていた。

『新しい学校はどう？　そろそろ慣れた？』

『弟は生意気してないか？』

ここで泣き言を言えば、そのままずるずると底まで落ちてしまいそうだ。糸はぐっとこ

らえ、

『すごく楽しいよ　弟とも仲良し！』

と返信した。

直後、ノックの音がした。

「姉さん、ちょっといい？」

洛の声だ。

わずかに逡巡《しゅんじゅん》したのちドアを開けると、洛は落ち着いた口ぶりで「あのさ」と切り出した。

「ヤオヒロまで行ってくれないかな？　今、源が買い物に行ってるんだけど、あいつ一人じゃあ荷物、持ちきれないと思うし」

仲直りのきっかけを作ってくれようとしている洛の優しさが、胸にしみ入った。

——でも……。

「……私でいいのかな？」

「どうして？」

「……好かれてないみたいだし」

行ったところでまた怒らせてしまうだけではないだろうか。

うつむいた糸に、洛は「そうかな？」と微笑《ほほえ》んだ。

「源はちょっと、甘えるのが下手《へた》なんだ。母さんが死んでから、ずっと頑張ってきたからさ。長男として弟を守るんだって」

糸は洛を見つめた。

兄弟の母は、彼らがまだ幼いころに病気で亡くなったと聞いている。

見たこともない幼い源の姿が目に浮かび、胸が詰まるような気がした。

源の背負っているものが、わかっていなかった。

洛は腕を組み、柔らかく目をすがめた。

「まぁ、ちょっと怖そうに見えるけど……あいつなりに、新しい家族を大事にしようって思ってるはずだよ」

スーパーヤオヒロに辿《たど》り着く。きょろきょろと店内を見回した糸は、野菜売り場に立つ源の姿をみつけた。

源は手に取ったキャベツをカゴに入れた。その時、糸はふと気づいた。

カゴの中に、糸が購入をあきらめたいちごプリンが入っていることに……。

声をかけるタイミングがわからず、糸は距離を保って源を追いかけた。そうしているうちに源は買い物を終え、出入り口に向かっていく。

両手に袋を提げた源に、糸は話しかけようとした。しかしそれより先に、源がこちらを振り返る。

「なんだよ」

源は糸の前にやってきた。こっそりと様子をうかがっていたつもりだったが、とっくにばれていたようだ。

「持つよ」

糸は袋に向かっておずおずと手を出した。しかし、源は袋を渡そうとはしない。

やっぱり、私じゃ駄目みたい……。

うなだれた糸の耳に、源のため息が聞こえた。

「せっかくうまい飯作って、驚かそうと思ったのに」

思いがけない言葉に、糸はまじまじと源を見上げた。

源はずい、と袋の軽そうなほうを差し出した。糸が受け取ると、すたすたとスーパーから出ていく。

糸は微笑みをかすかにもらし、源のあとをついていった。

本当に私は駄目だな……。

源の背中を見つめながら、ひそかに反省する。

姉として認められたい。ポイントを稼《かせ》ぎたい。そんなふうに自分の気持ちばかりを押し出して、源のことをちゃんと見ていなかった。

源が示してくれた優しさを見落とし続けていた。

「だいたい、朝だって俺が準備してやるはずだったんだよ。洗濯《せんたく》だって」

源はぶっきらぼうに続ける。

「無理して気に入られようとしてんのとか、見え見え」

「そうだよね……」

「俺はあんたに、色々やらせるために家族になったわけじゃねぇし」

胸に迫る言葉だった。

得をしたい、楽をしたい。そんな思いで家族を求めることが間違いであるように、役に立つから家族にしてほしいと願うのも、また間違いだ。

家族というのはそういうものではない。

母との暮らしで、それは十分知っていたのに……。

「……まぁ、俺も頼りないとか思わせてんのかもしんないけど」

源は肩をすくめた。

糸は首を横に振り、源の横に並んだ。

「ごめん。私も気をつけるね」

母親が亡くなってからずっと、源は長男として家族を支えてきた。自分はそのことに敬意を払えていなかった。

源にとって必要なのは、料理や掃除をしてくれる姉ではない。

源と一緒に家族を支えられるような、そんな存在なのだ。

糸は源の横顔を見つめた。

だとしたら、自分はそういう姉になろう。源が一人ぼっちで無理をすることがないように――。

「ねぇ、なにを作るの？」

そう聞くと、「餃子《ギョーザ》」との答えが返ってきた。

「えっ、餃子⁉　私、大好き」

満面の笑みで言うと、源は足を止めた。

「……糸」

「え？」

糸は源を振り返った。その顔はいつものように不機嫌そうでいながら、頬《ほお》だけが少し赤くなっている。

「糸も……一緒に作る？」

ぎこちない誘いに、喜びが胸に広がっていく。

名前を呼ばれたのは初めてだ。ようやく一歩、源と近づけた気がした。

「――はい！」

こうしてゆっくりゆっくり、歩み寄っていけばいいんだ。

そうすればいつかきっと、本当の家族になれる日がくる。

ジュージューと、油が熱せられる音がする。糸はダイニングテーブルに皿を並べながら、コンロの前に立つ源の様子を見守った。

「よいしょ」

源はフライパンに皿をのせると、「よっ」というかけ声とともに手首をひねった。

フライパンが持ち上げられる。すると、皿には真っ黒に焦げた餃子がのっていた。

「……姉さん、源に火を使わせたら駄目だよ」

食卓に出された餃子の無残な出来に、洛は額を押さえた。

ごめん、と糸は小さくなった。包むまでは一緒に作ったのだが、源が「あとは任せろ」と自信満々に言うので、任せてしまった。

「……作り直す」

逆キレ気味に言って台所に戻った源に、類は「ダメダメ！」と必死にすがりついた。

「また焦げちゃうでしょ！」

「ピザ頼もう」

洛はスマホを取り出すが、ボウルを手にした源は、

「まだ材料残ってるし」

と不満げだ。

そんなやり取りを横に、糸は箸《はし》を手に取り、餃子を一口で頬張った。

「――うん、イケる！」

香ばしい味わいにうんうんとうなずく。見た目ほど苦くはないし、キャベツのジューシーさがちょうどいい。

「中は大丈夫。おいしいよ、これ」

「いいよ、もう。無理して食うなよ」

源は皿を取り上げようとした。糸はその手を押し留め、

「食べるよ。だってうれしいんだもん」

誰かが作ってくれたというだけで、糸にとってはご馳走《ちそう》だ。

料理をする人が、食べてくれる人のことをどれだけ考えているか、糸は身を以《もっ》て知っている。

「ほら、源も」

餃子を取ろうとした糸は、困惑を浮かべる源を目にしてハッとした。

しまった……！　ついうっかり呼び捨てにしてしまった。

しかし、今さら引き下がれない。糸はためらいつつも餃子を持ち上げた。

「……アーン」

小声で言いながら口元に餃子を差し出すが、やはり、源は動かない。

気まずさに耐え切れず、糸は箸を下ろそうとした。しかしその時、源がパクリ、と餃子に食いついた。

ごくりと餃子を飲みこんだ源は、箸を持ち上げた状態のまま固まる糸に、照れた顔を向けた。

「……なんだよ」

「あまりに感動的で……」

まさか本当に食べてくれるとは思わなかった。

「記憶に刻みたいので、もう一回いいでしょうか？」

人差し指を立てて迫ると、源はフッと笑って、

「調子にのんなよ」

「甘えてよ、弟くん」

新たに餃子を取った糸は、離れていく源を追いかけた。そこへ類が「僕も！」と、口を

開けて身を乗り出した。

「はい、類くんにもアーン」

餃子を口に入れると、類は「おいしーい！」と目を輝かせた。その反応がうれしくて、糸はさらに餃子を取る。

「洛くんも、アーン」

口に餃子を持っていこうとすると、洛は「いやいやいや」と逃げ出した。

「俺は、アーンは大丈夫。自分で食べられるから」

「おいしいよ、洛くん」

「ねぇ？」

糸と類の二人に追い回され、洛はたじろぐ。

賑《にぎ》やかな家族の姿を横目に、ソファーに腰かけた源が微笑《ほほえ》みをもらした。

糸もまた笑う。これが「きょうだい」……。

楽しくて、温かい。

新たな家族との幸せなひと時を味わう糸は、気づけなかった。

廊下《ろうか》に立つもう一人の弟が、さみしげにその光景を見ていたことに――。

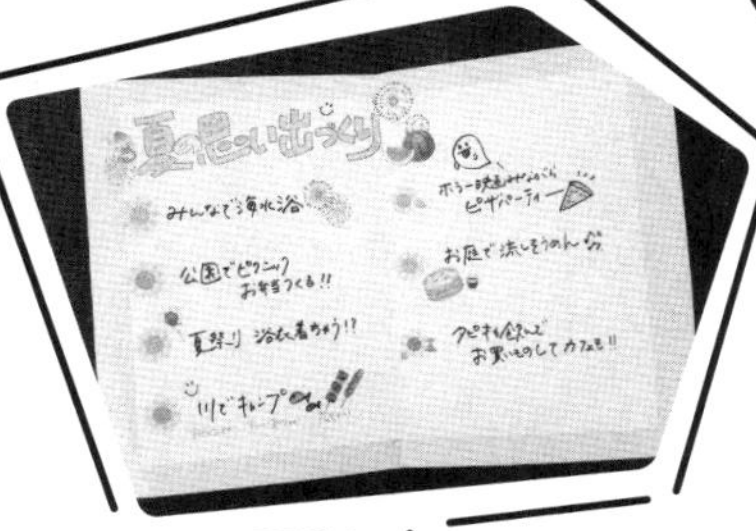

3

UCHINO
OTOUTO DOMO GA

新しい街、新しい学校、そして新しい家族。

糸《いと》は少しずつ、今の生活になじみ始めた。最初のころは洗面所で居心地が悪そうにしていた糸の歯ブラシも、今では堂々と弟たちの歯ブラシと並んでいる。

そして六月も半ばを過ぎた。

梅雨《つゆ》が訪れ、庭のアジサイが見ごろを迎える。

まぶたに光を感じた糸は、ゆっくりと目を開けた。チュンチュンとスズメのご機嫌な鳴き声が聞こえてくる。

あと少しだけ……。

ベッドの上で寝返った糸は、隣にいる源《げん》の寝顔をぼうっと眺めた。

……源……。

……源……？

状況が理解できず固まること数秒。

「……え？」

どうして源がここに⁉

一気に眠気が吹き飛んだ。声を上げようとすると、源はごろりと寝返りを打って体をこちらに向けた。

伸ばされた腕が糸の体に重なる。そのままぐい、と抱き寄せられ、糸は息をのんだ。

間近に迫る無防備な寝顔……。

すさまじい美形だと、改めて思う。まつげが信じられないぐらいに長い。

――って、見とれている場合じゃない！

「うわーっ!!」

悲鳴とともに腕を振り払うと、その反動で源はベッドからずり落ちた。どすんと大きな音が響き、糸は源の顔をのぞきこむ。

「だ、大丈夫？」

「いて……」

のっそりと体を起こした源は、まだ完全に目覚めていない様子で目をこする。

糸は自分の身を守るように布団を引き寄せた。

「あの……甘えていいとは言った。けど、こういうのは……」

両親が不在の中で同居という微妙な環境なのだ。だからこそ秩序はきっちり守っていかねばならない。

「……ん？　あぁ……」

源は大きな欠伸《あくび》をしながら立ち上がり、

「悪《わり》ぃ。間違えた」

「へ？」

「ここ、前まで俺の部屋だったから」

源はなんでもないことのように言って立ち上がった。まるでこちらが過剰《かじょう》反応だと言わんばかりの淡白《たんぱく》さだ。

「でっ、でも駄目でしょ！」

「うるせぇな。べつに俺、お前のこと女として見てないから」

源はのそのそと部屋を出ていく。

「……なんだとぉ！」

あまりの言い草に、糸はこぶしを震わせた。


昼休みの教室。

弁当を食べる糸は、箸《はし》を止めてリオを見返した。

「彼女？」

「そう。彼女」

「成田《なりた》ってどうなの？」

萌音《もね》が机に身を乗り出した。

糸は首をかしげて、

「いやぁ、どうだろう……」

源の恋愛事情について、糸はなにも知らない。

容姿は抜群《ばつぐん》に整っているし、実は優しいところもある。彼女がいてもおかしくはないが、裸でうろつき、寝ぼけてベッドにもぐりこんできた挙句《あげく》「女として見ていない」とのたまうあのデリカシーのなさで、女の子と付き合うのは無理だろうとも思う。

糸は源を振り返った。

源は行友《ゆきとも》や相楽《さがら》とともに、糸の作った弁当を食べている。

「いるのかな？」

「えぇー、いないでほしい」

リオと萌音はきゃっきゃっと言い合う。

糸はもう一度、首をかしげた。


「じゃあ、源は今、彼女いないんだ？」

リビングに入った糸は、乾いた洗濯物《せんたくもの》が入ったカゴを洛《らく》の横に置いた。

洛によると、源は「恋愛経験皆無男」とのことだ。意外な気もするし、納得できる気もする。

洛はカゴからTシャツを取り出しながら、

「うん。あの顔なら何人でも瞬殺だろうに」

「殺し屋か」

笑いまじりに返すと、洛も笑う。しかしすぐに真顔になって、

「あいつはさ、自分のことは後回しだから」

「そっか……」

糸はタオルをたたみながら、しんみりとうなずいた。

アルバイトで家計を助け、弟たちの面倒を見てと、源はいつも家族のために頑張っている。

いつかちゃんと源を大事にしてくれる人が現れればいいな、と糸は願う。

「姉さんはさ、源に彼女ができたらどうする？」

唐突《とうとつ》な問いに、糸は「どうするもこうするも……」と思案した。

「挨拶《あいさつ》する？」

姉としてはそれがベストだろう。そう思っての答えに、洛は意味深に微笑《ほほえ》んだ。

「ヤキモチとかないの？」

「ん？」

「源が他の女の子と付き合っても平気なの？」

「私は姉だよ？　平気もなにも応援するよ、源の恋」

「……つまんないな」

ぼそりと言われた言葉が聞き取れず、「え？」と聞き返す。

「なんでも」

しれっと言った洛は、たたんだ洗濯物を抱えて立ち上がった。

――そうだ！

パッとひらめいた糸は、立ち上がって洛を追いかけた。

「ねぇ、洛くんも今はフリーだって言ってたよね？」

洛は相当なプレイボーイらしいが、現在彼女はいないと前に話していた。

「まぁ」

洛はうなずいた。

「だったらさ……」

糸は腰に手を当て、にんまりと笑う。

「みんなで夏休み、遊べるじゃーん！」

うきうきと飛び跳ねる糸の姿に、洛は「は？」ととまどった顔をした。


七月。待ち望んだ夏休みが、ついにやってきた。

ソファーに源の姿があることを確認した糸は、庭にいる洛と類《るい》に向かって「おーい」と呼びかけた。

「全員集合！」

わくわくした気分で手招きすると、類が学校から持ち帰ったホウセンカに水やりをしていた二人は、「はーい」と家に上がった。

ダイニングに立った糸は三人の弟たちに対し、

「ジャーン！」

と持っていた紙を広げてみせた。

徹夜して考えた、夏休みにやりたいことのリストだ。

「なにこれ？」

怪訝《けげん》な顔でリストを眺める洛に、糸はフフンと笑ってみせた。

「みんなで過ごす初めての夏休みでしょ？　いっぱい計画、考えたんだー」

一人ぼっちではない初めての夏休みだ。姉弟みんなで楽しい思い出を作りたい。海に祭りに花火に川遊びと、やりたいことは次から次へと浮かんできた。

しかし――。

「ほぼ毎日バイトなんだが」

源にあっさりと言われ、糸は「ん？」と首をひねった。

ついで洛が気まずそうに席を立ち、

「俺も合コンが」

「んん？」

「僕も遊ぶ約束が」

「え、類くんまで？」

頼みの綱《つな》だったはずの末っ子は、指を折りながら、

「アンちゃんとミリちゃんでしょ。ハルちゃんにユメリちゃんとも遊ぶし……あ、ココちゃん忘れてた」

「……忙しそうだね」

糸は肩を落とした。

さすが源の弟。圧倒的な人気者ぶりだ。

「つーかさ、柊《しゅう》がそれに付き合うと思うか？」

源の冷静な指摘に、糸ははっとしてリストに目を落とした。

柊の部屋の前、しゃがみこんだ糸は、そわそわと体を動かした。まもなくドアの隙間《すきま》からスッと紙が出される。

糸はぱっと笑顔になり、差し戻されたリストを開いた。

夏休み思い出作りというタイトルの下に付箋《ふせん》が貼られている。そこには小さな字で一言、

「むりです」

と書かれていた。

糸はがっかりとして座りこんだ。

夏休みの思い出作りへの道のりは、はてしなく遠いようだ。


夜になり、風呂から上がった糸は、濡れた髪を拭きながらダイニングに入った。リビングではソファーに座った源が電話で話している。

「ああ……俺からも柊の担任と話すよ。知ってるやつだし」

どうやら相手は勲《いさお》のようだ。

糸は台所に行って冷蔵庫を開けた。麦茶を取り出し、二つのコップに注ぐ。

「うん……。アイツも受験あるから。父さんが心配してることも、タイミング見て伝える。──じゃあ」

電話切った源の前に、糸は麦茶を置いた。

「ずっと気になってたんだけどさ……柊くんって、なにがあったの？」

思い切って尋ねてみると、源は面倒そうに、

「柊のことは俺らの問題だから」

と切り捨てた。

「問題って？」

糸は食い下がった。

しかし、源は詳細を話すつもりはないらしい。「いいだろ、別に」と言い切り、麦茶を飲み干し立ち上がった。

張られた境界線に、糸は納得できない。

「よくないよ。だって私、お姉ちゃんだよ？」

台所に向かう源の背中に、糸は言い募《つの》った。

「お姉ちゃんなのに、柊くんの顔も見たことないんだよ」

せっかく家族になったのに、一緒に食事をすることも、言葉を交わすこともできていない。

こんな状況は、あまりにさみしい。

「だからって余計なことすんなよ」

源はシンクでコップを洗い、ダイニングから出ていった。

糸はうなだれた。

自分にできることは、なにもないというのだろうか。

＊＊＊

真夜中。

窓を閉め切った六畳間《じょうま》は、じっとりと蒸し暑い。

暗闇の中、ポテトチップスをくわえた柊は、素早い指さばきでコントローラーを操作した。

猫耳を生やした美少女キャラクターから繰り出された大剣の一撃をとどめに、敵が倒れる。

クエスト達成。喜びにわき立つパーティーの面々を眺め、柊は満足と安堵《あんど》が入りまじった息をついた。

少年魔導士potechiに、男性戦士rey、そして柊が操る猫耳美少女剣士yamada。

最近組んだばかりのパーティーだが、高レベルの柊が二人を引っ張っていく形で次々にクエストをクリアしている。

柊は汗ばんだ手をこすり合わせた。家族はすでに寝ているのか、家の中はしんとしていた。

potechi『今日もありがとうございます　ボクらだけじゃ　こんな大物倒せませんでしたよ』

チャットが始まった。柊は背中を丸めていそいそと返信する。

yamada『こんなのたいしたことないです　次はどのクエストに行きましょうか?』

potechi『時間　まだ大丈夫なんですか?』

yamada『もちろんです』

rey『やったー！　yamadaさんいつも助けてくれるしホント神ー』

potechi『yamadaさん　ぶっちゃけ普段なにやってる人なんですか？』

柊は動きを止めた。

盛り上がっていた気分がすぅーっと引く。代わりにこみ上げたのは、恥ずかしさと情けなさだ。

柊はパソコンから離れてベッドに倒れこんだ。

強くて頼りがいのある美少女剣士の正体は、不登校で家族とさえ面と向かって話せない、中三のひきこもり。

そんな真実が知られたら、きっと誰も自分の相手なんかしてくれない。

頭を抱えてもだえていると、足音が聞こえた。

この歩き方は、源くんだ。

足音がドアの前で止まり、柊は息を詰めた。

冷や汗が浮き上がった。

しかし、ノックはされず呼びかけもない。扉越しに源のためらいが強く感じられた。

結局、源はなにもせずに踵《きびす》を返した。

遠ざかっていく足音を聞きながら、柊はフードを限界まで引き下ろして顔を覆《おお》った。

みんなだって、僕にあきれてる……。

源のような強さも、洛のような聡さも、類のような愛嬌《あいきょう》も、なにも持っていない。兄弟の中、自分だけができそこないだ。

なにも脅《おびや》かされないはずの自室にいてさえ、息が苦しかった。

＊＊＊

「僕、バーベキューがしたい！」

遅めの朝食の席で類はそう訴えた。糸はごはんを茶碗《ちゃわん》によそいながら聞き返す。

「バーベキュー？」

「うん！　ユナちゃん、家族でやったんだって。リリちゃんも！」

「うちも昔はよくやったよな。庭で」

洛が目を細めると、源も少し微笑《ほほえ》んで、

「そうだな。柊と肉取り合ったりして」

「柊くんも？」

糸はつぶやく。

柊にも家族で楽しい時間を過ごしていた時代があったのだ。それなのになぜ自室に閉じこもるようになったのだろうと、疑問は深まる。

「僕、やってないけど？」

類は不信の目で兄二人を見た。

「お前が生まれる前だったから」

源の言葉に、類は「ずるいずるい！」と抗議の声を上げた。席に戻った糸は茶碗を置き、弟たちを見渡す。

「やろうよ、バーベキュー。みんなで」

家族でのバーベキューは、柊にとっても良き思い出のはずだ。

みんなが庭でわいわいと賑《にぎ》やかにしていれば、懐かしさに誘われ、顔を見せてくれるかもしれない。

柊を無理やり部屋から引っ張り出すようなことはできないし、すべきじゃないと思う。

けれど自分から出てこられるよう手を引くぐらいのことは、してもいいはずだ。

「でもな」

「だよな」

顔を見合わせた源と洛は、同時に庭に目をやった。

物干し台の向こうでは、背丈の高い雑草がぼうぼうと生い茂り、壊れた子供用の自転車が放置され、無残に割れた鉢《はち》が倒れている。

その光景に、糸はうっ、と声を詰まらせた。

実のところ、庭の惨状《さんじょう》には糸も気づいてはいた。

どうにかしたいと思っていたのだが、新しい生活に慣れることに精一杯で、そこまで手が回らなかった。

ちょうどいい機会だ。庭一帯を綺麗に整えて、なにがなんでも姉弟五人でバーベキューをしてみせる。

帽子をかぶり、軍手を装着した糸は、意気揚々《いきようよう》と庭に繰り出した。

源はアルバイト、洛は類をプールに連れていっている。今日のところは一人で頑張るしかない。

八月に入り、暑さはますます厳しくなった。

日差しが容赦《ようしゃ》なく照りつける中、糸はせっせと草をむしり続けた。ゴミ袋を満杯にしたところで、汗をぬぐって立ち上がる。

見渡した庭はまだまだ雑草だらけで、終わりが見えない。

「なによ、もう……」

糸はうんざりとして壊れた子供用の自転車を横にどかした。

直後、視界が暗くなった。手足から力が抜けていく感じがする。

……これって……熱中症……。

自覚した時にはすでに膝から崩れ落ちていた。そのまま地面に横向きに倒れこむ。

意識が遠ざかる中、ガタン、と窓が開いた音が聞こえた。


額と首筋にひやりとした感触があった。体にこもった熱が少しずつ抜けていくのを感じながら、糸はゆっくりと目を開いた。

「大丈夫……ですか？」

見知らぬ少年が不安げに糸の顔をのぞいていた。無造作《むぞうさ》に伸びた黒髪が、ふわふわと扇風機の風になびいている。

まだ頭がぼんやりとしていた。それでも起き上がろうとすると、濡れたガーゼが額から落ちる。

少年はガーゼを拾い上げると、糸の背中をそっと支え、コップを差し出した。

「あ、これ……」

少年の手の震えに合わせ、コップの中の水が小さく波打った。

糸はコップを受け取り、水を口に含んだ。かすかに塩味を感じて咳《せ》きこむと、少年は遠《えん》慮《りょ》がちに身をすくませる。

「塩……入れたから。たぶん、脱水症状だと思うので……」

こくりこくりと水を飲んでいるうち、だんだん意識がはっきりしてきた。糸はじっと少年を見つめた。

柔和《にゅうわ》で可愛《かわい》らしい顔立ちだ。肌が透けるように白く、長い前髪からのぞく目元が少し類に似ている。

「君……柊くん？」

柊以外のはずがない。しかし柊はすくりと立ち上がると、

「人違いです」

と即答した。

「え、ちょっと……」

困惑する糸を残し、柊はそそくさとリビングから出ていった。

階段を駆け上がる音に、糸は目を瞬かせた。


グラスにメロンソーダを注ぐと、中の氷がカランと音を立てた。

糸は慎重な手つきで氷の上にアイスを積む。さらに缶詰のサクランボをアイスの上にのせれば、特製クリームソーダの出来上がりだ。

糸はクリームソーダを二つ盆にのせ、台所を出た。これを飲み交わしながら柊と腹を割って話すのだ。

「柊くん、開けてよ」

柊の部屋の前までやってきた糸は、閉ざされたドアに呼びかけた。

しかし、当然のごとく答えは返ってこない。

そっちがその気なら……。

「うっ！」

糸はさも苦しげなうめき声を上げた。すると、ドアに柊が近づいた気配がした。

「うぅ……」

さらにうめくと、ドアが薄く開いた。

今だ、と糸は体を滑りこませる。

「ありがとう！　両手ふさがっててー」

素知らぬ顔で部屋に踏み入った糸は、困惑した様子で糸とクリームソーダを見比べる柊に、にっこりと笑いかけた。

「これ、一緒に食べよ」

「か、勝手に入らないでください」

だまし討《う》ちに気づいた柊は声をとがらせた。しかし糸はあえて取り合わず、盆をテーブルに置いた。

柊の心配につけ入ったことは申し訳なく思うが、この機会を逃す手はない。

「ここが柊くんの部屋かぁ」

糸は柊の部屋を見回した。

まさに「男の子の秘密基地」といった趣《おもむき》である。漫画本がみっちりと詰まった本棚《ほんだな》、壁にはアニメのポスターが飾られ、ゲーミングＰＣのランプがピカピカと輝いている。

「あ、ゲーム！　これ、ＰＳＯ２じゃん」

糸はパソコンの前に座りこんだ。

画面に映っているのは糸もプレイしたことがあるゲームだ。大剣をかかげた美少女のキャラクターが草原に立っている。

「これ、柊くんのキャラ？　かっこいいー！　私もこれ、メグちゃんとやってたよ」

「あの……」

「あ、メグちゃんっていうのは幼なじみの子でね、すっごくかわいい……」

ブチッ、とディスプレイの電源が落とされた。

スイッチから手を離した柊は、糸から視線をそむけて、

「さっきのお礼とかだったら気にしないでください。べつにたいしたことしてないし、俺なんかに関わったって……ろくなことないです」

「えっと……」

発言の異様なネガティブさに、糸はとまどう。

柊は糸に背を向け距離を取った。

「……救急車……呼べなかったです。知らない人と話すのが怖くて……」

今にも消え入りそうな声で、柊は言った。

強い悔恨《かいこん》が、体の震えに現れている。

「もしかしたら命が危なかったかもしれないのに……。自分のことだけしか考えてなくて……」

「でも、助けてくれたじゃん」

糸は立ち上がった。もうこれ以上、柊に自分を責める言葉を口にさせたくなかった。

柊は倒れていた糸をソファーに運び、水も飲ませてくれた。決して自分のことしか考えていなかったのではない。

「なんでそんなに自分のこと、ひどく言っちゃうの？」

「……終わってるし……俺なんか……」

苦しげに肩を揺らした柊は、ずるりとその場にしゃがみこむと、嗚咽《おえつ》をもらし始めた。

「どうしようもないやつだって……みんな思ってる……」

まるでそのまま自分の存在が消えてしまうことを望んでいるように、柊は小さく身を縮ませた。

「恥ずかしい……」

こぼれたつぶやきは、涙まじりで痛々しい。

励《はげ》ましたかった。そんなことはないと、否定してあげたかった。

しかしそんな気持ちとは裏腹に、糸はなにも言うことができない。

柊のことをほとんど知らない人間の言葉など、ただ空虚に響くだけに思えて……。

＊＊＊

朝から降り続く雨は、夜が深まっても止む気配がなかった。

けれど、外が雨だろうと晴れていようと、自分には関係がない。

柊はパソコンの画面に見入った。

対峙《たいじ》する敵は、巨大な獣と機械を掛け合わせたような姿をしていた。まがまがしいほどに鋭い爪が、yamadaに襲いかかる。

柊はパーティーから一時離脱し、たった一人で強敵に挑んでいた。

一人でも勝てると踏んでいたのだが、甘い見込みだったようだ。立て続けに繰り出される攻撃に、yamadaのＨＰは削《けず》られていく。

柊はコントローラーをにぎりしめた。

このまま無様に負けるのか。

これでしか、自分は価値を示すことはできないというのに……。

敵の爪にyamadaは薙《な》ぎ払われた。直後に突然、大弓をかかげた坊主頭《ぼうずあたま》のキャラクターが戦闘に加わった。

坊主頭のキャラクターは弓を構えた。放たれた矢は神々《こうごう》しい光をまといながら、一直線に敵を貫く。

敵が倒れ、戦闘は終了した。

柊は突如として現れた援軍を驚きを持って見つめた。
bozu……。知らないアカウントだ。
bozu『一人で挑むなんてチャレンジャーだね』
チャットが始まり、柊は返信を打ちこんだ。
yamada『助かりました　ありがとう』
bozu『この辺りのエリアだと思って探したよ』
柊は首をかしげた。いくら記憶を掘り起こしても、このアカウントとプレイをしたことはないのだが……。
yamada『私をですか？』
bozu『そう君を　間に合ってよかった』
yamada『初めての方ですよね？』
bozu『こう見えて　あなたの姉になった者です』
柊は坊主頭を凝視した。
その姿に血のつながらない姉の姿が重なり、思わず腰が浮く。
「えっ⁉」

嘘だろ？　なんであの人が？　っていうか普通に強いし。っていうか、坊主って……。ぐるぐると頭が混乱した。とにかくこの状況から逃げ出したい一心で、電源スイッチに手を伸ばす。

その時、新たなメッセージが表示された。

bozu『この前はごめん』

柊は手を止め、画面を見つめた。

bozu『柊くんのこと　なにも知らないから　なんて声かければいいかわからなかった』

どうして、と柊は唇を嚙《か》んだ。

どうしてこの人は、こんなに僕のことを気にかけるのだろう。

会ったばかりで、本当の弟でもないのに。こんなつまんないやつのこと、ゲームの中まで追いかけてきて……。

bozu『よかったら……友達からはじめませんか？』

こくりと柊は息をのんだ。

無視しよう。現実にはもううんざりだ。画面の向こうの虚構の中でしか、自分は生きられない。

そう思うのに、メッセージから目を離せなかった。

＊＊＊

柊に対しフレンド登録の申請を送った糸は、キーボードから手を離した。椅子《いす》の背もたれに身を預け、パソコンの画面を見つめる。

「送ってしまった……」

柊を知りたかった。柊の苦しみを知らなければ、言葉をかけることも、手を差し伸べることもできないから。

柊のために自分になにができるか、糸は懸命に考えた。

その結論が、bozuとなってゲームの世界に——柊が生きる世界に——飛びこむことだった。

やがて、柊からの答えが届いた。

画面に表示されたフレンド登録完了の知らせに、糸は笑顔を浮かべた。

＊＊＊

「ただいま……」

夕方。玄関のドアを後ろ手で閉めた源は、ため息をついて家に上がった。

源はバイトを終えたあと、柊の中学校を訪問した。

柊の担任の教師——源も中学時代に世話になった——と柊の今後について話し合うためだ。

このまま学校に来ないようでは高校への進学はかなり難しいと、担任は言った。一度父親も含めて話し合わせてくれとも。

結局、源では話にならないのだ。いくら源自身が柊の保護者のつもりでいても。

それも当然だと思う。

源は柊が今、なにを考えているのかも、これからどうしたいと思っているかも、まるでわかっていないのだから。

ダイニングに入ると人の姿はなかった。洛は合コンに行くと言っていた。類はいつものごとく友達と遊んでいるのだろう。

だが、いつもこの時間ならキッチンで細々《こまごま》と動いている糸の姿が見えないのは、どうしてだろう。なんとなく、物足りない感じがする。

源は窓を開けた。直後、「あーっ！」と大きな声が聞こえ、びくりと体をゆらす。

「……ん？」

今のは糸の声だ。

源は糸の部屋に向かった。その間にも「負けたー」だの「なんで勝てないんだろ」だのと、ひとり言が聞こえてくる。

源はドアをノックした。

「おい」

返事はない。ドアを開けてみると、糸はパソコンに向かっていた。

源は部屋に足を踏み入れるが、ヘッドホンをつけた糸は気づかない。「ちょっと休憩《きゅうけい》しよう」とつぶやきながら、キーボードをたたいた。

源は糸の背後に立ってパソコンの画面をのぞいた。

大剣を持った少女のキャラクターと、弓を持った坊主頭のキャラクターが、バーベキューコンロを囲んでいる。

bozu『柊くんの好きな食べ物はなに？　わたし作るからさ　一緒に食べない？』

――柊？

チャットに示された弟の名前に、源は目を見開いた。

yamada『そんなに気を遣わないでください　こういう付き合いはゲームだけだって言ったはずです』

ぴしゃりと断られ、糸は肩を落とした。

bozu『ごめん　ウザかったかな？』

少し間があり、yamadaが答える。

yamada『ウザいとかじゃなくて　同じ空間に人がいるのが落ち着かないんです　変なこと言って相手の気を悪くさせるのが怖くて　なにも話せなくなっちゃうんです　だから悪いのは僕のほうなんです　こちらこそウザくてすみません』

「うーん……」

現れた長文に糸は腕を組んだ。

源は糸のヘッドホンをずらして、

「へぇ。ゲームの中で話せるのか」

バッと源を振り返った糸は、目を丸くした。

「なんで⁉」

「ノックもしたし、声もかけたが？」

「聞こえなかったけど……」

「柊くんって、あの柊だよな」

画面を見ながら尋ねると、糸は申し訳なさそうに背を丸めた。

「……あの、です」

「この坊主が柊？」

源の問いに、糸は「いやいや」と首を振り、

「こっちの美少女でしょうが」

と、少女のキャラクターを指差した。

源は坊主頭と猫耳少女を見比べた。

いや、ここは逆だろ、普通。

「お前ら、チョイスが独特じゃね？」

「好きなキャラで好きなことして、なにが悪いのさ」

「……だな」

源はベッドに腰かけた。すると、糸は所在なさげに縮こまり、

「……ごめん。構うな、って言われてたのに……」

源は息をついた。

怒りは感じていなかった。

柊にとってオンライン上であっても人と関わりを持つのは、いいことだと思う。一緒にゲームをしてコミュニケーションを取るなんて、自分は思いつきもしなかった。

「……今日、アイツの担任に会ってきた」

源は画面に映るチャットを眺めた。

柊はゲームの中ではそれなりに喋《しゃべ》るようだ。自分が柊とちゃんと会話をしたのは、いつが最後だっただろう。

「でも進路とか将来とか大事なこと、なんも答えられなかった……」

俺らの問題だから、なんて偉そうに言いながら、弟のことを全然わかっていなかった。

「あいつのこと、ちゃんと見もしなかった。守ってやんなきゃって、そればっかで……」

わかるのは、一年前のあの時、自分が大きな間違いを犯したということだけだ。

きっと面と向かって話すことを恐れているのは、柊よりも自分のほうなのだろう。

うなだれた源の隣に、糸が座る。

「ほんとに源はえらいなぁ」

糸の小さな手が源の頭を優しくなでた。

「わかんないなりに待ってたんだよね。誰かに言われてとかじゃなくて、柊くんが自分で出てくるって信じて。さすが長男だな」

むずがゆさを感じた。こういったことは今まで自分がするほうで、されるのには慣れていない。

「……うるせぇ」

源は頭を振って糸の手から逃れた。

「いいから遊んでろ」

「はいはい、わかったわかった」

糸は余裕ぶった笑みを浮かべて立ち上がる。

「じゃあ、しっかり見っててよ。私たちの勇姿を！」

「あぁっ！」

敵の猛攻をしのぎ切れず、ついにbozuが倒れた。

これでパーティーは全滅だ。糸は脱力して椅子《いす》の背もたれに寄りかかった。

「また負けたぁー……」

「もう十回目だけど」

外はすっかり暗くなっている。待ちくたびれた源は、ベッドにごろりと寝そべった。

柊と糸は、パーティーの仲間とともにボス格の敵に挑んでいた。しかし何度挑戦を重ねても、強大な敵を打ち負かすことはできなかった。

「簡単に世界は救えないの！」

ムキになる糸に対し、源は淡々と「世界な」と返した。なにがそこまで熱中させるのか、ゲームに関心の薄い源はわからない。

「邪魔をするなら出ていって」

糸は必死な顔つきでコントローラーを持ち直した。「はいはい」と立ち上がった源は、糸の背後から画面を見た。

糸と柊のキャラクターの横に、子供の姿をした魔法使いと、青年の戦士がいる。

「こいつら、柊の仲間？」

「うん。そうだよ」

rey『勝てない』

potechi『無理ですよ　もうやめましょう』

「そうだよねぇ……」

仲間の言葉に、糸は残念そうにうなずいた。確かにゲームに詳しくない源の目にも、無《む》謀《ぼう》な戦いに思える。

しかしyamadaはあきらめない。

yamada『もう一度やりましょう！』

源は少女のキャラクターを見つめた。

圧倒的に不利な状況で臆することなく大剣を振い続けた少女と、弱気な弟がうまく結びつかない。

「そう！　そうだよ！　もう一回やろうよ！」

糸はキーボードに覆《おお》いかぶさるようにしてメッセージを打った。

bozu『みんなで一緒に戦えば　絶対に大丈夫！』

画面に映った言葉に、源ははっとした。

もしかしたらあの時も、こう言ってやればよかったのかもしれない。


一年ほど前のこと――。

雨が降りしきるある日の放課後、源は柊が通う中学を訪れた。

柊が同級生からいじめられているかもしれない。

当時柊と同じ中学に通っていた洛からそう相談され、様子を見にきたのだ。

源は洛とともに柊を探し回った。すると体育館裏にある駐輪場の陰で、複数の男子生徒に囲まれる弟の姿をみつけた。

男子生徒たちは柊を突き飛ばし、軽薄な笑い声を上げた。

「おい、なにやってんだ！」

傘を放り出して駆けだした源は、男子生徒たちの輪を崩し、柊の腕を引っ張った。

プルプルと震える弟は、上履《うわば》きを履いたままだった。通学用のスニーカーは、男子生徒の一人が手にしている。

「……お前ら、こんなことしてどうなるかわかってんのか」

源は柊を背にかばいながら、男子生徒たちを見据えた。相手は中学生だとわかっていたが、怒りを抑えようとはまるで思わなかった。

「おい！」

怒声を上げると、男子生徒たちはひっ、とひるんだ。

「聞こえてんだろ！」

さらに詰め寄ろうとした源の背中に、柊がすがりついた。

「こんな怖い源くん、もう見たくないよ……！」

そう言われても、源の怒りは治まらなかった。

なおもかかろうとすると、男子生徒たちはスニーカーを放り投げ、大慌てで逃げ出していく。

舌打ちをして追いかけようとした源の背中に、震えるつぶやきが届いた。

「もうやめる……」

振り返ると、柊は泣きじゃくっていた。

男子生徒たちに小突き回されていた時よりも、ずっとずっと苦しそうな顔で——。

「こんな迷惑かけるくらいなら……学校なんかやめる」


それから柊は部屋に閉じこもるようになった。

あの時、一方的に守ろうとするのではなく、「一緒に戦ってやる」と言っていれば、結果は違ったかもしれない。

源は悔悟《かいご》に目を伏せた。その時、糸が叫ぶ。

「えぇっ!!」

現実に引き戻された源は、パソコンの画面を見た。

いつの間にか戦闘は終了していた。勝利したのは、柊のパーティーだ。

「倒した……」

糸は信じられないというように口を押さえた。そしてもう一度、「倒した！」と勝利を噛《か》みしめるように口にすると、大興奮の様子で立ち上がり、部屋を飛び出していった。

「柊くんっ！」

糸はどたどたと階段を駆け上がっていく。すると、柊も部屋から飛び出してきた。

「やりましたね！」

「やったね！」

柊と糸は手を取り合って飛び跳ねた。

源は階段の下に立ってその様子を眺めた。ひさしぶりに弟の姿を目にし、まずは安堵《あんど》を覚える。

伸び放題の前髪の下から、歓喜の表情がのぞいていた。なにはともあれ、体は元気そうだ。

「おい」

呼びかけると、二人はぴたりと動きを止めた。

源の姿を認めた柊は、くるりと背を向け、

「源くんがいるなんて聞いてないです」

「さっき、勝手に入ってきて……」

肩を寄せ合いコソコソと話し合う二人に、「聞こえてるぞ」と割って入る。

柊は気まずげに源を見下ろした。

ダイニングには洛と類がいた。二人は源の後ろにいる柊の姿に気づくと、あっという顔をした。

柊は無言で二人の横を通り過ぎ、縁側に座った。なにかを察したらしい洛は、「あっちに行こうか」と類をソファーに連れていく。

源は椅子に腰かけた。その前に、糸がお茶の入ったコップを置く。

「強かったでしょ、柊くん」

糸は得意満面に言って源の隣に座った。

「……よく知らないけど、すごいんだろうっていうのはわかった」

素直な気持ちを言ったつもりだった。

しかし柊は背を向けたまま、自信なさげに言う。

「気を遣ってくれなくていいよ。……ただの遊びだし、意味ないことくらい……」

「意味ないことないだろ。普通に学校行ってるだけじゃ、作れないような友達までいて」

柊はうつむいて押し黙った。

源は立ち上がり、その隣に座る。

「柊、ごめんな……」

そう言うと、柊の肩がぴくりと動いた。

源は庭に目を向けた。夜の暗がりの中に、あの日の後悔《こうかい》が映し出される。

「ずっと謝らなきゃいけないって思ってた……」

怒りにとらわれ、柊の気持ちを考えていなかった。

弟から自信を奪ったのは、自分だ。

「あの時、お前はわかってたんだよな。あいつらと同じことをしたら、あいつらと同じような人間になるだけだって……」

きっと柊は、自分なりのやり方で立ち向かおうとしてたのだ。それを理解してやれていなかった。

立ち上がった柊は、あえぐように息をした。

源も立ち上がり、弟の頭に手を伸ばす。

「迷惑かけてたのは、俺だった。ごめん」

わしわしと頭をなでると、柊は激しく嗚咽《おえつ》した。

「……そんなことない。あの時……守ってくれて嬉しかった……」

柊は源を振り返ると、ぼろぼろと涙をこぼしながらしゃくり上げる。

「……俺のほうこそ……ごめん」

源は柊の肩を抱き、自分のほうへ引き寄せた。源の肩に顔をうずめた柊は、ますます声を上げて泣く。

そこへ類がやってきた。柊の背中にぎゅっと抱きつく。続いて近づいてきた洛は、柊の背中を優しくたたくと、類ごと抱きしめた。

兄弟みんなに抱きしめられ、泣きじゃくる柊の向こうに、源は糸の姿を見た。

優しげな微笑を浮かべていた糸と、視線が交わる。

よかったね。

そう語りかけるような笑顔を向けられ、源も思わず笑みをこぼした。

糸がいなければ、こんなふうに柊と本音で語り合うことはできなかっただろう。

年上ヅラも、しばらく大目に見てやるか。

4

UCHINO
OTOUTO DOMO GA
SUMIMASEN

青空の下、電車は田園を突き進む。

広がる田んぼはまるで青く波打つ海のようだった。順調に背丈を伸ばした稲が風に揺られている。

「懐かしい」

糸《いと》は故郷の景色に目を細めた。その隣では類《るい》が車窓《しゃそう》にスマホを向けている。

「ここが姉さんの育ったところかぁ」

窓の外を眺め、洛《らく》がしみじみと言った。

「なんもねぇな」

源《げん》の失礼なもの言いに、糸は「はぁ?」と顔をしかめた。

夏休みも終盤を迎え、最後の思い出作りにと、糸の地元を訪れることになった。糸にとっては初めての里帰りにもなる。

電車を降り、ホームに立つ。はしゃいだ類が両手を広げた。

「わぁ、空がひろーい!」

「柊《しゅう》くんも来られたらよかったのにな……」

ため息まじりの糸のつぶやきに、源が肩をすくめた。

「まぁ、あいつもあいつで受験勉強頑張っているからな」

中三の柊は来年に高校受験を控えている。今はできるだけ勉強の遅れを取り戻したいという本人の希望により、今回柊は不参加だ。

「楽しんできてって、柊も言ってたよ」

洛が言った。

四人並んで駅を出る。そこに自転車のベルが鳴り響いた。

「おう、来たか！」

サドルにまたがった央太《おうた》が大きく手を振っていた。今日里帰りすることは、事前に幼なじみたちに伝えておいた。

「央太！」

駆け出した糸は、自転車から降りた央太にがばりと抱きついた。

「会いたかったよ、央太！」

央太は少しよろめいて、

「相変わらずの馬鹿力だな」

おなじみのヤンチャな笑みで迎えられ、糸はうれしさでいっぱいになる。

「元気そうじゃん」

「元気だよ！　そっちは？」

肩を叩き合って再会を喜んでいると、源が二人の間に割りこんできた。源は糸の肩に置かれた央太の手を退けると、

「こいつの弟ですが、なにか？」

と、不愛想に言った。

対して央太はにこやかに源を見上げる。

「あぁ、弟くんか」

「姉さん、地元に彼氏いたんだ？」

「知らなかったよ」

洛と類は興味深げに糸と央太を見比べた。糸は「まさか」と笑って否定し、

「こちらが、私の幼なじみの央太」

と、紹介した。

央太は源たちに対し、ノリノリでピースをしてみせる。

「今日はみんなで遊ぼうぜ！」

「わーい、遊ぼ！」

同じ「陽」の気配を感じ取ったのか、類は央太の腰に抱きついた。

「おう、よく来たな！」

央太は類の背中を親しげにたたいた。さっそく意気投合《いきとうごう》した二人を糸は笑って見守る。

大好きな家族と幼なじみを引き合わせるこの日を心待ちにしていた。

夏休みもあとわずか。

今日は思いきり楽しんで、最高の思い出を作ろう。


河原にあるキャンプ用の広場では、バーベキューの道具を積みこんだ軽トラックとともに、メグが待っていた。軽トラックは央太の父親が置いていったものらしい。

晴天の下、みんなでバーベキューの準備を始める。テントの下で食材を洗おうとする糸の横に、メグが食器の入った袋を置いた。

「弟くん、みんなかっこいいじゃん」

メグはぽうっとした表情で源たちの姿を見回した。

源と洛はバーベキューコンロを準備し、類はその様子をスマホで撮影している。

「央太がヤキモチ妬《や》くよ」

央太のメグへの想いは、誰の目にも明らかだ。ただ肝心《かんじん》のメグ自身はそれに気づいていない。

メグは糸の話を聞いていないらしく、はぁー、とたっぷり息を吐いた。

「恋の予感しかない、これは」

少女漫画大好き、ロマンスモンスターのメグは、瞳をきらめかせた。

糸は笑って、

「もう。なに言ってんの、メグちゃん」

「えー、なにもないの？」

疑わしげに顔をのぞかれ、糸は言い切る。

「ない」

というか、あったらまずいだろう。

だって自分たちは、姉弟なのだから。

「なにも芽生《めば》えないいなんてありえないよ？」

なおも疑いの目を向けられ、糸は「……っていうか」と、そばを流れる川を眺めた。

透明な水が太陽の光を反射し、キラキラと輝いている。

「……恋って、よくわからない」

恋にあこがれはある。けれど、誰かを好きになったことは一度もなかった。

だからわからない。家族として「好き」と、そうではない「好き」に、どんな違いがあるのか。

「……じゃあ、いいこと教えてあげる」

普段とは違う、大人っぽい微笑を浮かべ、メグは糸の鼻をつついた。

「寝ても覚めてもその人のことを考えちゃう、それが恋」

＊＊＊

川で遊び始めた弟たちの姿を横目に、源はコンロに炭を並べた。その横を大きなスイカを抱えた央太が、よたよたと通り過ぎる。

食材を切っていた糸に、央太は「ジャーン！」と抱えたスイカを披露した。

「どうしたの、それ？」

糸は目を丸くして包丁を置いた。央太は丘の上にある化粧室《けしょうしつ》を指差しながら、

「上でトイレ行った時に、おっちゃんからもらった」

と説明した。

「嘘でしょ。すごーい！」

糸ははしゃいだ声を上げてスイカに手を伸ばした。央太は「重いぞ」と注意しながら、糸にスイカを持たせた。

身を寄せ合って仲良くスイカをたたく二人の姿を、源はじろりと眺めた。

あの二人、本当にただの幼なじみなのだろうか。それにしてはベタベタと距離が近い気がする。

「あとでみんなでスイカ割りしようね」

糸は央太に笑いかけた。

なぜだか面白くなくて、源は二人に背を向けた。かがんで炭の入った袋を持ち上げよう
「糸、これ見て」

とすると、背後から声がかかった。

「糸はさ、ああ見えて苦労してきたんだよ」

立ち上がった源は、央太を見返した。ポケットに手を突っこんだ央太は、糸を見つめながら続ける。

「チビのころに親父《おやじ》さん出ていって、それから働くお母さん支えてさ」

「あぁ……」

その辺りの事情について、源はあまり詳しくは知らない。

しかし、糸が懸命に母を支えてきたというのはわかる。自分たち弟に対してあれこれと気を遣うように、母親に対してもそうだったのだろう。

「だから、糸を泣かせるようなことすんなよ。もしやったら、どんな手使ってでも連れ戻すからな」

挑発的に言った央太は、トラックへ向かった。

源はそのあとを追い、はっきりと告げる。

「返すつもりねぇよ」

糸はもううちの家族だ。誰がなんと言おうと。

フッ、と央太は笑った。からかわれている気がして眉根《まゆね》を寄せると、央太は助手席から荷物を取り出しながら、

「あいつ、楽しそうに話してたよ、弟くんのこと。不器用過ぎて弟のやり方をわかってないところが、一周回ってかわいいってさ」

源は首をかしげた。洛も類もうまく甘えているように思えるが……。

「……あー、柊のことか」

納得してつぶやくと、央太は笑いながら源に荷物を渡して、

「お前だよ」

顔を指差され、源は「はぁ?」と聞き返す。

「源スケが一番、放っておけないんだってさ」

……なんだよ、それ……。

気恥ずかしくなり、央太から顔をそむけた。まさか弟たちの中で、自分が一番子供扱いされているとは……。

なに考えてんだ、あいつは……。

源は糸を見つめた。

糸は川から上がった類と、楽しそうにスイカをなで回している。

その笑顔に、妙に心がざわついた。

＊＊＊

「ねぇ、かくれんぼしよー」

食事の片づけを終えると、類がそう言い出した。「いいぜ！」と一番乗り気になったのは央太だった。

「俺、地元では忍者って呼ばれてるんだぜ」

うそぶく央太に類は「ほんと？」とあこがれの目を向けた。

楽しそうな二人の様子に糸は微笑《ほほえ》む。この場所に弟たちと来てよかったと、心から思った。

「じゃんけんぽんっ！」

全員で輪になってじゃんけんをする。みんながグーを出す中、一人チョキを出して負けたのは央太だった。

「マジかよ？　一人負け？」

忍者の本領を発揮できるチャンスを逃した央太は、「俺も隠れたかったなぁ」と悔《くや》しがりつつも、そばに立つ木に顔を伏せた。

「はい、行くよ！　いち、にぃ……」

カウントが始まり、みんなが散り散りにばらける。

広場から離れた糸は、どこに隠れるべきか悩み、川沿いの茂みをきょろきょろと見回した。

ちょうどよく陰に身を隠せそうな大木を見つけ、そちらに近づく。と、反対側からやってきた源とばったり見合った。

糸は自分の顔を指差した。

「私が先」

しかし源も、

「俺だろ」

と譲《ゆず》らない。糸はムッとして、

「他行ってよ」

「お前こそ」

「はぁ？」

互いに一歩も引かぬ中、鬼が数える数字は増えていく。

「じゅうく……にじゅうっ！　もう行くからなー！」

央太が声を張り上げた。

しかたなく二人並んで木の陰に座りこむと、肩と肩が触れ合った。

源の体温が伝わり、妙にどぎまぎとしてしまう。源と二人きりという状況が、急に落ち着かなくなってきた。

川のせせらぎが耳をくすぐる。

穏やかな風が、野の花々を可憐《かれん》にゆらす。

遠くの山並みは濃緑《こみどり》の稜線《りょうせん》をなだらかに描き、青空とのコントラストが目に冴える。

糸は源を見上げた。

陽の光に照らされたその横顔は、いつもより柔らかに見える。いつもと違う場所にいるから、そう感じるだけだろうか。

「……いいとこだな」

源のつぶやきに、糸は小さくうなずいた。大切な人が自分と同じものを好きになってくれるのはうれしい。

変だな、と糸は困惑した。

なぜだか源の顔から目が離せない。もうとっくに見慣れているはずなのに……。

不意に源が糸を見返した。

「なんだよ、チビ」

糸ははっとなり、ようやく源から視線を外した。

すべて、夏のせいなのかもしれない。

真夏のうだるような熱気が、糸の心をおかしくしているのかもしれない。

「うっさいな」

これ以上二人きりでいると、もっと変になりそうだ。

糸は源から離れようと立ち上がった。歩き出したその時、ずるりと足が滑る。

「——わっ！」

バランスを崩し、前に倒れかけた糸の体を源が抱き留めた。そのまま二人、重なり合って茂みに倒れこむ。

「どこだぁ？」

央太の足音が迫る中、源と糸は驚きに目を見開いた。

二人のその距離、ゼロセンチ――。

糸は瞬くことさえできない。

重なった唇の、その感触だけにとらわれて、川の流れる音も聞こえなくなった。

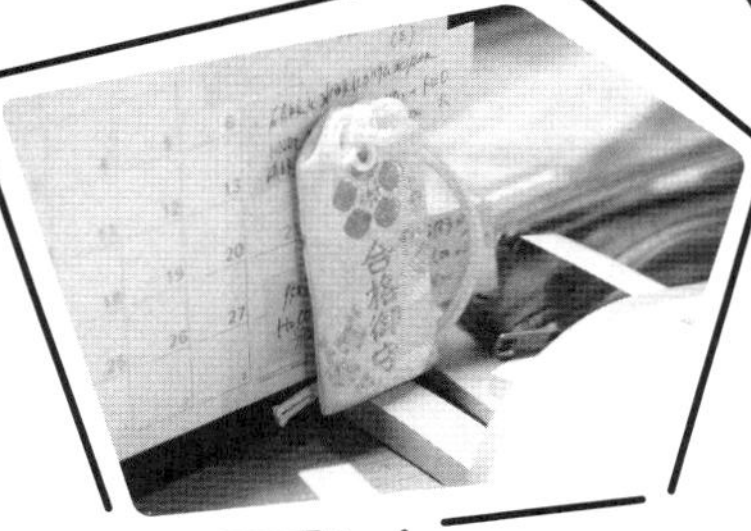

5

UCHINO
OTOUTO DOMO GA
SUMIMASEN

「今日、学校の授業、なにがあるの？」

家族五人で囲む朝食の席。

目玉焼きに箸《はし》を伸ばしながら、洛《らく》が類《るい》に尋ねた。

「体育だよ。跳び箱」

「跳び箱かぁ。俺、苦手だったなー」

運動を好まない洛は、苦々しい顔になった。

兄の反応にふふっ、と笑いをこぼした類に、糸《いと》は「はい、どうぞ」とおかわりをよそった茶碗《ちゃわん》を渡した。

「ありがとう」

類が笑む。と、源《げん》が糸に茶碗を差し出した。

「俺も頼む」

「……うん」

糸は茶碗を受け取った。その拍子に互いの指先がちょんと触れ合い、どきりとして固まる。

一方、源は素知らぬ顔でもくもくと朝食を食べ続けた。

あれから数日が立ち、すでに新学期が始まっていた。

源は何事もなかったようにふるまっている。糸もそうしようとしているのだが、いかんせん難しい。

目が合えば赤面してしまうし、話そうとすれば声が裏返ってしまう。

どうしても源の唇に意識が向いてしまうのだ。

今だって――。

もぐもぐと目玉焼きを食べる源の口元に目がいってしまう。

自分はあれに触れたのだ。

「源くんは何段跳べた？」

類の声に、糸は我に返った。台所に行って炊飯器《すいはんき》の蓋《ふた》を開ける。

「俺？　十段とかかな？」

源の答えに、類は「すごい」と目を輝かせた。洛も「おー」と感嘆《かんたん》の声を上げる。

平和な朝の景色を眺め、糸は動悸《どうき》を必死に抑えた。

これを壊すような真似《まね》は、絶対にしてはいけない。

早くショックから立ち直らないと……。

洗面所の鏡に向かった糸は、悶々《もんもん》とした気持ちで歯ブラシを動かした。こんな調子では日常生活に支障が出る。他の兄弟にも怪しまれるかもしれない。

肩を落としたその時、源が洗面所にやってきた。

ぎょっとした糸に対し、源はうんざりした顔で、

「気まずい空気出すなよ」

「だ、出してないし……」

目を逸《そ》らすと、源は歯ブラシを手に取り、

「俺たちはなにもなかった」

「え……」

「ノーカンにするしかないだろ」

冷静に言われ、糸は動揺《どうよう》しているのは自分だけなのだと思い知った。あのことは、源にとってはたいした出来事ではなかったのだ。

源は糸を残し、洗面所から出ていった。

「ノーカン……」

糸の小さなつぶやきは、排水溝《はいすいこう》にのまれて消えた。


体育館にドリブルの音が鳴り響く。

敵チームのパスをカットし、源がボールを持った。途端、コートを囲む女子たちから歓声がわく。

体育の授業中である。男子はバスケットボール、女子はバドミントンを行っていたのだが、バスケの試合が始まるやいなや、女子のほとんどがラケットを放り出してギャラリーと化した。

糸も息を詰めて源の姿を見守った。

ドリブルを始めた源は、一人、二人と敵を抜き、ミドルシュートを放った。

ボールはゆがみのない軌跡を描き、シュッとゴールに吸いこまれる。女子からますます大きな歓声が上がった。

「もう一本！」

源はチームメイトたちに声をかけながら守備に回った。その真剣な横顔に糸は見入ってしまう。

『寝ても覚めてもその人のことを考えちゃう、それが恋』

メグの言葉が蘇《よみがえ》り、糸は胸の前で腕を組んだ。

私は源のことが――。

源のことがなんだというのだ。

無だ。無になるのだ。一切の邪念を払い、成田《なりた》家長女として完全体になるのだ。

糸はもこもこに泡立《あわだ》てたスポンジで、一心不乱に皿を洗った。そこへ風呂から上がった洛がやってくる。

洛は冷蔵庫を開けながら、

「お風呂、空《あ》いたよ」

「うん」

「入りなよ」

「うん」

「告白しなよ」

「うん」

しばらく間を置いたのち、糸はスポンジを動かす手を止めた。

「えっ⁉」

「好きなんでしょ。源が」

洛は確信のある口ぶりでそう言うと、濡れた髪をタオルでぬぐった。

自分の源への気持ちがなんなのか、本当はとっくにわかっていた。ただそれを認めたくなかっただけだ。

源のことを考えるとドキドキする。一緒にいるとそれだけで楽しくて、源が悲しそうだと自分も悲しくなる。

家族とか姉弟とか関係なく、ずっと源のそばにいたいと思う。

これが恋でないなら、なんだというのか。

「それは……」

糸はうつむき、口ごもった。

最低な姉だと見放されただろうか。いや、もはや姉とさえ思われていないかもしれない。だって家族をそんな目で見るなんて……。

「俺はいいと思うよ」

さらりと賛同を示され、糸は顔を上げた。

こちらを見る洛のまなざしは、どこまでも温かだった。軽蔑《けいべつ》の気配もからかいの色もない。

自分の源への想いが、こんなふうに優しく受け入れてもらえるとは思っていなかった。

――でも、だからこそ……。

「……困る」

糸の答えに、洛は首をかしげた。

「どうして？」

「……私は、お姉ちゃんでいられることが幸せなんだもん。お父さんたちの信頼があってここにいられるわけだし……」

糸は皿を洗い流して水を止めた。

間違いは起こらないと信じているから、両親は糸をこの家に残して旅立ったのだ。二人の信頼を裏切るようなことはしたくない。

「それにもし……私と源がこの家で姉と弟じゃなくなったら、あの家族は普通じゃないって思われちゃうでしょ」

やっと家族として平穏に暮らせるようになったのだ。そこに波風を立てることが許されるはずがない。

この恋は、あきらめるべきものだ。

優しい弟たちの「姉」でいられるだけで、十分すぎるほど恵まれているのだから。

「誰かを好きになるのは罪じゃないと思う」

そう言った洛は、真剣なまなざしを糸に向けた。

糸は視線をさまよわせた。

その通りだと感じる部分もある。

それでもやはり、迷いが消えることはない。

「……でも今は柊《しゅう》くんの受験もあるし、私が余計なことして迷惑かけたくないんだ」

弱弱しい微笑《ほほえ》みを返し、糸はエプロンを脱いだ。

「お風呂入ってくる」

糸は洛を残し、台所から出ていった。

季節は流れる。

秋が深まり、本格的に受験を意識し始めた柊は、糸たちと同じ高校を第一志望に据えた。

ますます勉強に力を入れる柊のため、糸は神社で学業成就《がくぎょうじょうじゅ》のお守りを買い求めた。

体を壊さず、目標を達成できるようにと願いをこめて贈ったお守りを、柊は肌身離さず持ってくれているようだ。

そして、冬――。

粉雪《こなゆき》が舞うある日、源と洛は物置から自分たちの背丈を越すクリスマスツリーを運び出し、ダイニングに置いた。

まもなくクリスマスがやってくる。イブの夜に帰ってくる両親のため、糸たちは室内を装飾することにした。

「これ、去年も飾ってたか？」

言いながら、源は電飾をリビングの出入り口に取り付けた。類はカゴから取り出したボール型のオーナメントを「はい」とツリーのそばに立つ糸に渡した。

「ありがと」

糸は手を伸ばしてツリーの枝にオーナメントの輪っかを引っかけた。金色のボールがキラキラと揺れる様子に、思わず微笑みがこぼれる。

大きなツリーに、部屋を彩るイルミネーション、そしてたくさんの家族――。

今年のクリスマスは賑《にぎ》やかになりそうだ。

「なんだ、これ？」

「ん？　どれ？」

不思議そうな声に振り返ると、類は輪っかのついていない星型の飾りを手にしていた。

「それはてっぺんにつけるやつだよ」

飾りを受け取った糸は、ツリーの頂点に「よっ」と手を伸ばした。

思いっきり背伸びをするが、どうにも手が届かず、かかとを床につける。もう一度挑戦しようと伸ばした糸の手に、源の手が重なった。

「やるよ」

耳元で響いた声には、いつもならぶっきらぼうな態度に隠されている優しさが感じられた。

「……うん」

大人しく飾りを渡すと、源は難なくツリーの頂点に星を灯らせた。

「できた」

間近から見下ろされ、頰《ほお》が熱くなった。

秘めたはずの想いが、心臓の中で暴れ回る。

「……ありがと」

源の顔がまともに見られず、糸はツリーから離れた。

深夜、眠れず部屋を出た糸は、台所の作業台にロールキャベツの材料を並べた。

悩んでいる時は料理をするに限る。しかも、できるだけ手のこんだものがいい。作業に集中すれば、頭を空《から》っぽにできるから。

キャベツを抱えた糸は、葉を一枚はがした。二つ並べたボウルのうち、左のほうに入れる。

「する……」

新たに一枚はがし、今度は右のボウルへ入れる。

「しない……」

糸は無意識のまま「する」と「しない」を繰り返した。

すると突然、

「なにやってんだよ？」

台所に現れた源の姿に、糸はキャベツを落としかけた。

「げ、源こそなに⁉」

「風呂」

「あぁ……」

確かに濡れ髪にタオルをかけた風呂上がりの姿だ。糸はキャベツを持ち直して、

「私はほら、ロールキャベツの仕込み」

「今から作んなくてよくね？」

「……だ、だよねー」

罪悪感にかられて顔をそむけると、源は糸の頰を片手でむぎゅっとつまんだ。

「心配になるだろうが。するとかしないとか、どうした？」

無理やりに視線を合わせられ、答えに詰まる。

あなたに告白するかどうか迷っているんです――だなんて、たとえ口が裂けても言えない。

「源には関係ないから！」

手を振り払うと、気まずい沈黙が下りた。

糸はその場を取り繕《つくろ》おうとする。

「……あの、ほんとに大丈夫だから……」

むっつりと押し黙った源は、糸の横を通り過ぎた。冷蔵庫のドアを開け、中からひき肉が入ったパックを取り出す。

「仕込み……付き合うよ」

源はぼそりと言って冷蔵庫を閉めた。

不器用に示された思い遣りに、糸の胸は切なく痛んだ。

糸はゆがいたキャベツの葉を作業台に広げた。その上にタネをのせ、くるくると巻きつけながら、ちらりと隣に立つ源をうかがう。

「……ごめん。付き合わせちゃって……」

「いいよ」

源はこだわりなく言う。

「俺じゃ相談相手になれないみたいだし、これぐらいしか」

「……そんなことないよ」

糸は首を横に振った。

こうやってそばにいて支えてくれようとする、そういう優しさに、自分は惹《ひ》かれたのだ。

「あっそ」

源は軽く肩をすくめた。

ためらいの末、糸は「あのね」と切り出す。

「ある人に伝えたいことがあって……でも言えなくて……」

懸命に言葉を探りながら伝える。

「言ったらすごく困らせちゃいそうで。だから言わないって決めたんだけど、でも言いたくなって……」

言わなくても平気だと思おうとした。

でも、平気じゃなかった。

源の姿を見るたび、苦しさは増していく。

「よくわかんねえけど……」

源は手を止めることなく言葉をつないだ。

「相手を気遣って悩めるのは、お前のいいところだろ。お前がそうやって悩んだぶん、相手だって大切にされたんだなって、わかるんじゃねえの？」

糸は源を見上げた。

そんなふうに思われているなんて、知らなかった。

「……って、すげえ幸せ者だな、そいつ」

淡々とした、けれど確かに優しさのこもったつぶやきに、きゅっと胸がしめつけられるような思いがした。

たとえこの想いがどうなろうとも、すでに報われたような気がする。

「できた」

源は爪楊枝《つまようじ》で留めたロールキャベツを糸に見せた。

巻くというよりも、ただ丸めこまれたキャベツには隙間《すきま》が多く、あちこちからタネが飛び出していた。

「それは……キャベツを丸めただけだね」

そう指摘すると、源はしれっとした顔で、

「食えば一緒だろ」

「しかたないなぁ」

ふき出して笑うと、源はフッ、と吐息をもらした。

「やっとまともに笑ったな」

糸の顔をしげしげと見つめた源は、柔らかな微笑を浮かべる。

「うん、やっぱお前はそういう顔がいいわ」

糸は息をのんだ。

あふれ出すものが、どうしたって止められなかった。

「……好き」

源を見つめ、そう告げる。

もう気持ちを隠せない――。
「源が好きなの」

「……マジか」

昼休みの学食。

糸と向き合って座る洛は、話を聞き終えると、そうつぶやいた。

「源も同じこと言った。マジかって」

源は心底驚いていた。糸の気持ちを少しも気取っていなかったようだ。

「それで？　その続きは？」

「……時間をくれって」

それ以降、告白に関して源はなにも言ってこない。糸に対する態度は普段通りで、源がどう考えているのかまったく読めなかった。

もしかしたら、すべてなかったことにしようとしているのかもしれない。

返事さえもらえないのは少し悲しいけれど、それならそれで、今まで通り家族として暮らしていくことができる。

糸はため息をついた。なんにせよ、想いを明らかにした今、自分には待つことしかできない。

「いただきます」

糸は両手を合わせて箸《はし》を取った。

そんな糸を眺め、洛は思案するような表情を浮かべた。

＊＊＊

屋上に立った源は、手すりをつかんだ。

糸の懸命に家族を支えようとしてくれるところには好感を抱いているし、懸命すぎて空《から》回《まわ》りしがちなところは面白いと思っている。

糸のことは、家族として大事に思っている。それは絶対に間違いない。

――けれど……。

見渡した空は薄くかかった雲のせいで、灰色にくすんでいた。

まるで自分の心の内を映したかのようなその景色に、源はうなだれた。

＊＊＊

洗濯《せんたく》カゴを抱えた糸は、窓の外の景色にため息をついた。このところは悪天候続きで、今日もみぞれまじりの雨が天から重たく降り注いでいる。

糸は室内用の物干しスタンドをリビングに出した。洗濯物を引っかけていくが、どうにも気が滅入《めい》った。

洗濯は好きだ。けれど、部屋干しとなると話は違う。太陽の光でパリッと乾かすことが、洗濯の醍醐味《だいごみ》だと思っている。

はぁ、と肩を落としたその時、背後で物音がした。振り返ると、源が立っていた。

深刻な色を浮かべた表情に、糸は身構える。

その時が、ついにやってきたのだ。

「……あれからずっと考えてた。お前のこと」

源は糸の前にやってくるとそう言った。糸は固唾《かたず》をのんで続きを待つ。

「どう答えるのが正解かわかんねえけど……やっぱ無理だと思う」

静かに告げられた答えに、ぎゅっと胸が痛んだ。

鋭い爪で心臓がわしづかみにされたような、そんな痛み――。

「お前のこと、家族としか思え……」

「だよねえ」

かぶせるように糸は言った。気詰まりな空気を打ち消したくて、必死に言葉をつないでいく。

「急に言うなよ、って感じだよね。私だって自分の気持ち、理解するのに時間かかったもん」

糸は空《から》になった洗濯カゴを抱え、源の前を通り過ぎた。

「だって源だよ？　口悪いし、愛想悪いし、舌打ちするしさ」

言いながら廊下《ろうか》にカゴを下ろした糸は、置いておいた別のカゴを持ち上げ、スタンドの前に戻った。

思わずと言うように源が突っこむ。

「いやいやいや、悪口ばっか」

「場を和《なご》ませようとしてるんでしょ」

軽い笑みを作って振り返ると、源は困ったふうに首に手をやり、

「……こういう距離感が自然じゃね？」

しばらく間を置き、糸は小さくうなずいた。

源とのこうしたケンカみたいなやり取りを楽しいと感じているのは、確かに自分も同じだ。

「好きって……伝えてよかった……」

心からの言葉だった。

そもそもなにかを手に入れたくて、想いを伝えたわけじゃない。

源が真剣に悩んで出してくれた答えは、どんな形をしていても大事な宝物だ。

「ありがとね。私のこと、いっぱい考えてくれて……。なんか……ざまあみろって感じで満足したかも」

それもまた本心だった。

振られたのが悲しくて泣けてくるし、あの源が自分のことで頭をいっぱいにしたと思えば笑えてもくる。

……でもやっぱり、悲しみのほうが少し大きい。

ぐすりと鼻を鳴らした糸は、とまどいを浮かべる源に背を向け、洗濯物を干し始めた。

やがて、源がリビングから去っていく。

糸はその場にしゃがみこみ、膝に顔をうずめた。

こぼれる嗚咽《おえつ》を、雨音が覆《おお》い隠す。

――そうだ。これでいい。私たちには、これくらいがちょうどいい。

さようなら……私の初恋。

6

UCHINO
OTOUTO DOMO GA
SUMIMASEN

四月。

窓から差しこむ陽気は、ほんのりと暖かい。

制服のジャケットを羽織《はお》った源《げん》は、自室から出た。

階段を下りてダイニングに向かうと、類《るい》が慌ただしくランドセルに荷物を詰めこんでいた。

類は今日から新学期だ。学校の準備を終わらせておけと昨夜に言っておいたのだが、案《あん》の定《じょう》、ちゃんと聞いていなかったらしい。

登校の時間が迫り、類は助けを求めるように台所の糸《いと》を見た。

しかし、いつもならすぐに甘やかしてくれる糸は、弁当の準備に忙しく気づかない。

見かねた洛《らく》が手伝いに入った。体操服をナップザックに詰めながら、「帽子は？」と尋ねる。

類はソファーをちらりと見ると、

「ゴメスにかぶせた」

と、なにやら得意そうな顔で言った。

ソファーに鎮座するゴメスは、確かに黄色い帽子をかぶせられていた。

三年生まではかぶることが義務付けられている帽子だ。四年生になった自分には、もう必要ないということだろう。

大人ぶりたいなら学校の準備ぐらい事前に終わらせてくれ、と、兄は思わずにいられない。

「柊《しゅう》くん」

弁当の包みを持った糸が、源の前を通り過ぎていった。玄関にいた柊に「はい、これ」と弁当を差し出す。

「ありがと」

微笑《ほほえ》んで弁当を受け取った柊の姿を、糸は念入りにチェックし始めた。

柊が着ているのは源と同じブレザーだ。二月に高校入試を受けた柊は、見事に第一志望の高校に合格した。

入学式以来、今日が初めての登校日である。

「ハンカチは？」

「ある」

「ティッシュは？」

「ある」

まるで小学生と母親のような問答に、源はあきれ返った。

と、準備を終えて源の隣にやってきた類が、不服げに唇を尖らせた。どうやら糸が柊に構い切りなことが面白くないようだ。

「よし。帰りは迎えに行くから、教室で待っててね」

言い終えた糸は背伸びをして柊の髪に触れた。頭のてっぺんから飛び出た毛を優しくなでつける。

「……う、うん」

柊は耳を赤くしてまごついた。

源は舌打ちをする。いよいよあきれて、もう見ていられない。

「誰か注意してやれよ」

ため息まじりに言うと、背後からやってきた洛がぼそりと、

「構ってもらってうらやましいとか思ってるくせに？」

はぁ？　と源は眉《まゆ》を上げた。

それは類だ。自分はそんなこと、これっぽっちも思っていない。断じて思っていない。

「全然！」

強く発した否定の言葉は、類と二人重なった。

源は末の弟と、気まずく目を見合わせた。

＊＊＊

帰り支度《じたく》を終え、糸は席を立った。

新学期に入り、数日が経った。

柊が高校に通い続けられるか心配だったが、今のところ大きな問題は起きていない。ただやはり人付き合いは苦手らしく、友達ができた様子がないのが気がかりではあった。

「バイバイ、またね」

友人たちに別れを告げ、糸は教室を出た。

途端、ゴミ箱を引きずる源とばったり向かい合う。源は今日、掃除《そうじ》当番だ。

糸は柊と一緒に帰宅することになっていた。源を左側から抜こうとすると、源も同じ方向に体を動かした。

ならば右から。そう思って動くと、今度は源もそちらに動いた。

明らかな妨害に糸は眉をつり上げた。

「ちょっと、なに?」

「お前こそ」

「どいてよ。柊くんが待ってるんだから!」

胸を張ると、源は顔をしかめて、

「ウザい」

「え?」

「って言われるぞ」

「柊くんはそんなこと言いません!」

きっぱりと言い切ると、源は糸の横を通り過ぎながら、

「気ぃ遣ってんじゃねぇの?」

ズバリな指摘に、糸はぎくりとした。源と違って奥ゆかしい柊なら、確かにそれもありえる。

というか糸自身にも、柊に構いすぎているという自覚はあった。

それでもやめられないのだ。

繊細《せんさい》な柊がちゃんと学校になじめているか、また自室に引きこもってしまいはしないか、不安でしかたない。

「これでも心を鬼にして、登下校だけ見守ってるんです！」

源の背に向かって主張する。

本当は昼食だって一緒に食べたいと思っているが、それはさすがに過保護だと自分を戒《いまし》めている。

「もう頭ん中、柊のことしかねえのかよ」

不満げなつぶやきに、糸は眉根を寄せた。

「なんて？」

人見知りな弟が新しい環境に飛びこんだのだ。心配で頭をいっぱいにしてなにが悪いというのか。

「早く行け、バーカ」

振り返った源は、それだけを言うとすたすたと去っていく。糸はその後ろ姿に言い返す。

「なにさ、バーカ」

糸はくるりと踵《きびす》を返して歩き出した。

まったく、なんなの、あの態度！

源の言い分はもっともだと思うが、なにせ口が悪い。もっとべつの言い方をしてくれてもいいはずだ。

源はそういうところ、損だよね。本当は優しいのに……。

糸ははっとして足を止めた。

私、また源のことばかり考えてる……。

源への想いはきっぱり捨てようと決めた。

決めたはずなのに、失恋から数か月経った今でも、すぐこんなふうに源を意識してしまう。

糸は背後を振り返った。

源はこちらを気にする様子もなく、足早に廊下《ろうか》を進んだ。

帰り道、柊の先を行く糸は、とぼとぼと階段を上った。まさか自分がここまで未練がましい人間だったとは……。

己の不甲斐《ふがい》なさにうなだれると、柊が声をかけてきた。

「なにかあった？」

「ん？」

振り返って首をかしげると、柊は気遣わしげな表情で、

「無理……してるみたい」

糸は焦った。そんなにわかりやすく失恋オーラを出していただろうか。

「……あー、ほら、アレだよ。私も受験あるなぁーとか……」

目を泳がせながら答える。デリケートな柊に、源とのあれこれを知られるわけにはいかない。

「……大丈夫」

糸は笑顔を作った。

そろそろ本当に吹っ切らないと、源は困るだろうし、他の弟たちには心配をかけるだろう。

「自分でなんとかしなきゃだよね」

自分自身に言い聞かせ、糸は再び歩き出した。


柊と二人、「ただいまー」と玄関のドアを開ける。

家に人の気配はない。自分たち以外、まだ誰も帰宅していないようだ。

ダイニングに入った糸はテーブルに荷物を置いた。部屋の空気を入れ替えようと、窓を開け放つ。

隣家の庭に咲く桜は、はらはらと薄紅色《うすべに》の花びらを散らしていた。儚《はかな》い美しさが、失恋の傷を負った胸にしみて痛い。

糸は台所に向かおうとした。その腕を柊がつかむ。

「……やっぱり、俺じゃ駄目かな……」

糸は驚いて柊を見上げた。柊は自分の足元を見つめながら、

「……俺、もっと強くなるね。今度は俺がお姉ちゃんを……」

言いさした柊は、ごくりと喉《のど》を鳴らして顔を上げた。

「――糸ちゃんを守れるように」

柊は真剣な面持《おもも》ちでひたと糸を見つめた。その視線はまっすぐで、少しも揺らぐことがない。

「糸ちゃんを悲しませるやつは、俺が絶対に許さないから」

「柊くん……」

あの内気な三男は、どこへ行ってしまったというのだろう。珍しく強い態度に糸が目を丸くすると、柊はうろたえ始めた。

「なんか……その……ご、ごめん……」

打って変わって弱気になった柊は、ずるりと椅子《いす》に座りこんだ。糸は柊の頭に手を伸ばす。

「ううん。うれしいよ」

いつの間に、こんなに立派な男の子に育っていたのだろう。

「お姉ちゃん、すっごくうれしい」

こんな優しい弟がいるなんて、私は最高に幸せなお姉ちゃんだ。

そんな気持ちをこめながら頭をなでると、柊は小さくうつむいた。

＊＊＊

昼休みの教室は、昼食を食べる生徒の声で賑《にぎ》わっていた。

机の上に弁当を広げた源は、黄金色の卵焼きを前にうなだれた。糸の作った卵焼きは好物だが、今は手をつける気が起きなかった。

そこへ購買に行っていた行友《ゆきとも》と相楽《さがら》が戻ってきた。

歌を口ずさみながらスキップで教室に入った行友は、肩を落とした源を見るなり、「源ちゃん！」と駆け寄ってきた。

「源ちゃん、元気ないねぇ」

心配そうに顔をのぞきこまれ、源は息をつく。

「好きでなくしてんじゃねえ」

「どうした？」

「聞くよ？」

行友と相楽は源を囲み、机に身を乗りだした。

若干《じやつかん》のうっとうしさを感じつつも、こいつらに話せないなら、ほかの誰にも話せないと、源は考える。

「……なんかモヤモヤすんだよ」

姉弟仲が深まるのは良いことだと思う。

それなのに仲睦《なかむつ》まじく触れ合う糸と柊の姿を見ると、なぜか気を逆なでされたような、ざらりとした感覚がある。

「今ごろになってあいつのこと、考えてることがわかんねぇっつーか、気になってるつーか……」

振ったくせに、糸のことが妙に気になる。気になるくせに、わからないからイライラする。

「それってさ……」

相楽は訳知り顔で微笑《ほほえ》んだ。

続く言葉に、源は目を見開いた。

「ただいま」

ダイニングに入った源は、鞄《かばん》をヤオヒロの袋とともにテーブルに置いた。

ふとリビングのソファーで眠る糸の姿が目に入る。源はソファーに近づき、目を閉じる糸を見下ろした。

差しこむ夕日に照らされた寝顔は、穏やかで無防備だ。

「糸」

源はそっと糸の肩を揺らした。

しかし、糸は目を覚まさない。かすかな声をもらして身じろぎするだけだ。

『それってさ……源は恋してるんだね』

相楽は源にそう言った。

そんなわけないと否定しようとしたけれど、なぜか言葉が出てこなかった。

好きと言われた時の、糸の真剣なまなざしが蘇《よみがえ》る。あの時に感じた、肌の下を柔らかなものでくすぐられるような感覚とともに――。

源は腰を折った。吸い寄せられるように、糸に顔を近づける。

自分の影が、糸の顔に映った。安らかな寝息が肌に当たる。

唇を重ねようとした源は、しかし、すんでのところで我に返った。慌てて糸から距離を取る。

自分のしようとしたことが信じられない。糸のことは、家族として大事に思っているはずだったのに……。

源は頭を振り、糸に背を向けた。ヤオヒロの袋を持って台所に向かう。

廊下の暗がりに立ち、そんな兄の姿を見ていた柊は、ぎゅっと奥歯をかみしめた。

7

UCHINO
OTOUTO DOMO GA
SUMIMASEN

放課後。

柊《しゅう》は廊下《ろうか》を突き進んだ。その背中に「ちょっと待てよ」と源《げん》が声をかける。

しかし、柊は歩みを止めない。訝《いぶか》しがって自分の名を呼ぶ兄に答えないまま、誰もいない化学室に足を踏み入れた。

部活に励《はげ》む生徒のかけ声が校庭から響いてくる。深呼吸をして気持ちを整えていると、源が柊の背後に立った。

「話ってなんだよ」

業《ごう》を煮やした兄の様子に、柊は心を決めた。

くるりと源を振り返り、核心に迫る。

「……糸《いと》ちゃんのこと、本当はどう思ってるの？」

「どうって……べつに……」

源は柊の視線から逃れるように顔をそむけると、机に寄りかかった。

いつもとは立場が逆だな、と柊は思う。

「それじゃあ、糸ちゃんがそのうち他の人を好きになっても、源くんは困らないってこと？」

「は？」

「……ねぇ、どうなの？」

「……どうもねぇよ、あんなチビ」

源は不機嫌そうに言い放った。

その態度が柊には腹立たしい。

「……糸ちゃんみたいに優しい人……俺だったら……」

「お前……」

目を見張った源は、思わずというように柊の前に立ちはだかると、

「……好きなんだな。あいつのことが」

なにかをこらえるようなつぶやきに、柊は唇を噛《か》んだ。

――そうだ。だから兄が許せない。

糸に想いを寄せられながら、柊がほしくてたまらないものを手に入れながら、それをあっさりと捨てようとしていることが、許せない。

「……源くんも、好きなんでしょ」

答えず、源は柊に背を向けた。

柊は叫ぶ。

「源くんは糸ちゃんから逃げてるだけだ！」

源は自分の中身を見られるのを恐れている。己の弱さを他人に知られたくないのだ。

「わかるよ。俺がそうだったから……」

自分の気持ちを抑えて、二人のことを応援しようと思っていた。完璧《かんぺき》で強い兄なら、自分以上に好きな人を幸せにしてくれると信じていたから。

でも、もうやめる。

自分の気持ちを認めることさえできないやつに、糸ちゃんは渡せない。

「お前さぁ……」

源の怒りは明らかだった。

けれど、柊は引かない。

柊とも糸とも、自分の気持ちさえとも向き合おうとしないその態度に、こっちだって怒っている。

「源くんは、自分に自信がないんだよ！」

「なんだと？」

源の手が柊の顎《あご》を強くつかんだ。

とっさにあとずさった柊は、背後の机にぶつかってよろめく。実験用の器材が、バラバラと床に散らばった。

源は柊を見据えた。

その視線を柊は真っ向から受け止めた。

＊＊＊

糸は冷凍庫から氷を取り出しながら、リビングを見やった。

ソファーに座った柊の顎は、かすかに赤くなっている。類《るい》がそこに氷水で冷やした布巾を当てた。

「大丈夫？」

心配を浮かべる弟に、柊は小さく「大丈夫」と答えた。糸は二人のもとに新しい氷を届けた。

源がいらついた様子で帰ってきたと思ったら、直後に顎を赤くした柊が帰ってきた。

二人のギスギスした空気からして、なにか揉《も》め事《ごと》が起きたのは間違いない。

一体、なにが起きたのだろう。男兄弟ならケンカも荒っぽくなるだろうが、こんなふうに怪我《けが》を負わせるほどエスカレートするなんて……。

深く息をついたその時、源が階段を下りてきた。玄関に向かおうとする源を糸は呼び止めた。

「ちょっと、源」

「なんだよ」

糸は源の手を引っ張り、ダイニングまで連れていった。

「なんでケンカなんかしたの？」

源の手を放し、柊と見比べる。しかし二人は黙りこくり、糸と目を合わせようとしない。

手の施《ほどこ》しようがなく、糸は肩をすくめた。

「ごめん」

不意に柊がつぶやいた。

「でも、これは俺たちの問題だから。ちゃんと自分で解決できる」

すくりと立ち上がった柊は、源の目の前までやってくると、挑むように言う。

「俺と勝負しよう」

「勝負？」

源は不遜《ふそん》に顎を反らした。

一触即発《いっしょくそくはつ》の雰囲気《ふんいき》に、類が慌てて止めに入る。

「ケンカはダメ！」

「そうだよ。勝負なんて……」

殴《なぐ》り合いでも始められたら大事だ。どうなだめようかと思案していると、洛《らく》がダイニングに入ってきた。

「いいじゃん、やったら」

仲裁《ちゅうさい》してくれるのかと思いきやそう言われ、糸は「ちょっと」と眉根《まゆね》を寄せた。

しかし洛は面白がっているわけではないらしい。あくまで真剣な顔で、

「今度の体育祭……騎馬戦で勝負しなよ」

と口にした。

「騎馬戦？」

類が首をかしげた。

騎馬戦といえば、騎馬と騎馬が生身でぶつかり合う、怪我するのが当たり前の競技だ。殴り合いに比べればマシとはいえ、危険であることには変わりない。

「いやいや、危ないでしょうが」

「もしかして俺が負けると思ってる？」

柊の言葉に、糸は「だって……」と口ごもった。

負けるとめちゃくちゃ思っている。

柊は中学のころに比べて身長も伸びたし体格も良くなった。とはいえ源と並べばその差は明らかだ。

性格だって温厚で、喧嘩《けんか》っ早い源と対峙《たいじ》するには心もとない。

「やろう。源くん」

しかし、柊は乗り気らしい。さらに一歩源に迫り、

「俺が勝ったら、なんでも言うことを聞いて」

と、そんな提案を源に持ちかける。

源はふてぶてしく鼻を鳴らし、

「……俺が勝ったら？」

「なんでも言うこと聞くよ」

バチバチと二人の間に火花が散った。


決戦の時は、あっという間にやってきた。

吹きつけた五月の風が、校庭に砂埃《すなぼこり》を舞わせる。

体育祭はすでに終盤に入り、生徒や観客の盛り上がりはピークを迎えていた。源と同じ青組の鉢巻《はちまき》を身に着けた糸は、洛と類とともに応援席にいた。

『続いて男子騎馬戦が行われます。参加する生徒は入場門へ集合してください』

アナウンスが響き、Tシャツを脱いだ男子生徒たちがぞろぞろと入場門へ向かった。その中には源と柊の姿もある。

糸は胸の前で手を組んだ。

どうして二人があそこまで対立するのか、糸にはわからない。けれど二人の気合の入った顔つきからは、真剣さが伝わってくる。

こうなったら自分にできるのは、ただ見守ることだけだ。

入場門を撮っていた類が、スマホを糸に向けた。

「いよいよ源くんと柊くんの勝負ですが、さあ、どっちを応援しますか?」

「どっちって……」

糸は二人に目を向けた。

柊は懸命に源に立ち向かおうとしている。一方源も、本気で弟を迎え撃つつもりだ。どちらにも負けてほしくない。

「どっちもだよ」


『男子騎馬戦、まずは青組と白組の対決です』

源を擁《よう》する青組。

柊を擁する白組。

両陣営の騎馬が、距離を空《あ》けて向かい合った。源も柊も騎手として担《かつ》ぎ上げられている。

『それでは用意……スタート!』

ピストルの音が響き渡り、一斉に騎馬が動き出した。勇ましい雄叫《おたけ》びが上がり、土煙が巻き起こる。

真っ先に敵陣に切りこんだのは源の騎馬だ。

白組の騎手と力強く組み合った源は、長身と体格と優位を活《い》かし、あっという間に鉢巻を奪い取った。

「源、ナイス！」

洛が声援を送る。

一方、柊も負けてはいない。敵の攻撃をうまくいなすと、体勢を崩したところを狙って鉢巻を奪取した。

洛は弟の勇姿にも「ナイス！」と声援を送った。

源も柊も奮闘し、次々に敵の鉢巻を奪っていった。

両陣営はともに騎馬の数を減らしていく。試合終了の時間が迫り、ついに源の騎馬と柊の騎馬が背中越しに向き合った。

互いに振り返った二人の視線が衝突する。

『残り三十秒！』

響き渡るアナウンスを合図に、体勢を変えた騎馬は正面から向き合った。

源と柊が同時に叫ぶ。

「行け!」

「進め!」

それぞれの号令に合わせ、騎馬が駆け出した。

雄叫びを上げた騎馬は激しくぶつかり合う。その上に立つ二人の騎手は、がしりと手を組み合った。

＊＊＊

腰を浮かせた柊に上からグッと押しこまれ、源は舌打ちをした。

弟の力は想像よりも強かった。家族に隠れてしていたトレーニングの成果が、きちんと出ているようだ。

しかし、それでも自分にはまだ届かない。

源は柊を押し返した。体勢を崩した柊は、しかしその反動を利用してブンッ、と頭を振り上げた。

柊の後頭部が源の顎《あご》にぶつかり、ゴッと鈍い音がした。

「っ……！」

ジンジンと響く痛みこらえ、源は柊をにらみつけた。頭突きとは、なかなかエグい手を使ってくるものだ。

「卑怯《ひきょう》だぞ！」

「そっちこそ」

「なんだと？」

源は腹に力を入れて柊を押した。

柊は荒く息を吐いて、

「自分の気持ち誤魔化《ごまか》して、嘘ついて……バレバレなんだよ！」

組み合った手を通し、柊の全力が伝わってくる。

源は奥歯を噛《か》みしめた。

「……わかったふうなこと……言うんじゃねえっ……！」

悔《くや》しいのは、柊の言っていることが正しいからだ。

『弟たちを頼んだよ』

亡くなる間際、母は源の手をにぎってそう言った。

強くなければ弟たちを守れない。だからさみしさもつらさも、全部一人でのみこんできた。

年を重ねるほど、心にまとった鎧《よろい》はどんどん分厚くなった。中になにがあるのか、自分でもわからなくなってしまうほどに。

「欲しいもん欲しいって言えるやつらに——俺の気持ちがわかるかよ！」

兄という鎧を脱ぎ捨て、源もまた全力で柊を押した。

鉢巻に向かって懸命に手を伸ばす。避けようとした柊は、バランスを崩して大きくよろめいた。

疲弊《ひへい》した白組の騎馬は、もはや倒れゆく騎手を支え切ることができなかった。柊は背中から地面に落ちていく。

源はとっさに柊の腕をつかんだ。

が、引っ張り上げる力は残っていない。かろうじて弟を抱えるようにし、自分の身を下にして地面に倒れこんだ。

「源!!」

応援席から悲鳴が上がった。その中で自分の名を叫んだ糸の声だけが、はっきりと耳に届いた。

「……っ」

小さく声をもらしながら身を起こした柊は、自分が源の青い鉢巻を手にしていることに気づくと、信じられないというような顔をした。

落下の際、柊は源の頭から鉢巻をもぎ取っていた。狙ったのではなく無我夢中での行為だ。ただ、勝利への執着心のようなものが無意識に作用したのだろうと、源は思う。

『青組対白組、終了です』

ドンッ、と試合終了を告げるピストルの音が鳴り渡った。

『青、残り四騎。白、残り五騎。勝者は白組』

白組の応援席から歓声がわいた。騎馬を務めていた仲間たちが心配そうに源の顔をのぞきこむ。

地面に倒れたまま、源は天を仰《あお》いだ。

敗北は、土の味がした。


「先生もテキトーだな。よろしく、なんて」

源は椅子に座る柊の足元に膝をついた。

膝に擦り傷を負った柊を保健室に連れてきたものの、養護教諭の手が空《あ》いておらず、源が手当てを任された。

源は絆創膏《ばんそうこう》のフィルムをはがし、柊の膝に貼った。

「……どうしてそうなの？」

不意のつぶやきに、源は柊を見上げた。

「なにが？」

「俺を助けなければ、勝てたのに……」

「……負けは負け」

競技にも、男と男と一対一の勝負にも、自分は負けたのだ。

源は立ち上がり、フィルムをゴミ箱に捨てる。

「約束通り、なんでも言うこと聞くぞ」

柊は唇を真一文字《まいちもんじ》に結んだ。

勝者とは思えない悔しげな顔だ。

「……俺は糸ちゃんが好きだ」

噛みしめるように、柊は言った。

それからひたと源を見上げて、

「源くんは大人しく、一人で家に帰って」


言われた通り、源は一人大人しく帰路についた。

柊は糸に想いを伝えるのだろう。

どんな結果になるのか、予想がつかない。

糸は源を好きだと言った。けれど、それはとっくに過去のことになっているのかもしれない。

糸を好きだとはっきり口にした柊と、気持ちを認めることさえできなかった自分。騎馬戦なんかしなくても、勝負はとっくについていた。

今さらになって後悔《こうかい》する自分が腹立たしく、源はくしゃりと自分の髪を乱した。家に着き、乱暴な手つきで玄関の鍵《かぎ》を回す。

だが、すでに鍵は開いていた。

源はドアを開けた。洛か類が先に帰っているのかと思いきや、土間にあったのは糸のローファーだった。

「おっそい」

ダイニングから声をかけてきた糸の姿に、源は目を見張った。

「え、なんでお前……」

柊に告白されているのではなかったのか。

立ち尽くす源のもとに、糸はエコバッグを手に近づいてきた。

「柊くん、勝ったご褒美《ほうび》に、源とご馳走作ってくれって」

「……は?」

「ほら、ヤオヒロ行くよ」

糸は源の横を通り過ぎて玄関を出た。

……柊。

弟からの言葉なきメッセージを感じ取り、源はこぶしをにぎりしめた。

＊＊＊

校舎の屋上。

夕暮れに染まった空を眺めながら、洛が言う。

「柊が姉さんに告白でもしたら面白くなったのに……」

わざとらしく不満げな口ぶりに、柊は肩を落として笑った。

「そんなの糸ちゃんを困らせるだけだし……」

糸の気持ちはわかっている。自分はただ、好きな子の願いを叶えるヒーローになれれば、それでよかった。

たとえそうとは気づかれなくても。

「糸ちゃんには、いつも笑っててほしいから」

勝負をして改めて思った。

やっぱり、源くんはかっこいい。

強くて優しい、俺たちのお兄ちゃんだ。

源が自身の気持ちに鈍感なのは、今まで家族のことばかりを考えて自分の感情を後回しにしていたからだ。

源のそんな犠牲《ぎせい》のおかげで柊たちは成長できた。

でも、もう十分すぎるほどにもらった。そろそろ兄にも、自分の気持ちに正直になってほしい。

心から望むものを、手に入れてほしい。

「ねぇ、まだぁー?」

離れたところでゲームをしていた類が、待ちくたびれた顔でこちらを見ていた。

「あ、ごめん」

柊と洛は類のもとへ歩き出した。正面に迎えた夕日の光がまぶしく、柊は目を瞬かせる。

と、洛が柊の背に手を回した。

励《はげ》ますようにぽんと背を叩かれ、目の奥が熱くなる。

「……よし、合コン行くか？」

おどけた洛の言葉に、類が「おぉー」と目を輝かせた。

「無理だよ」

笑いまじりに答えた柊は、兄弟と並んで歩いた。

悲しい気持ちもあるけれど、泣くのは我慢する。

今日だけはヒーローのままでいたいから。

＊＊＊

結局、ケンカの原因がなんだったのかはわからずじまいだった。

けれど、「源くんと一緒にご馳走作って」なんて柊が頼むぐらいなのだから、仲直りはできたのだろう。

バチバチにやり合って、やり切ってしまえばそれですっきり満足。

男兄弟のケンカというのは、そういうものかもしれない。自分には理解できずとも、二人には必要なことだったのだと、今は思う。

茜《あかね》色に染まる川沿いの道に、糸と源の影が伸びていた。

糸は顎《あご》に手を当て夕食の献立《こんだて》を考える。

「んー、なに作ろうか?」

「確か今日の特売はキャベツだな」

「あっ、じゃあ……」

糸は源と目を合わせた。

「餃子《ギョーザ》!」

声がぴたりとそろい、糸は笑顔になる。

「ひさしぶりに食べたい。源の餃子」

「一緒に作ったな」

「すっごい美味《おい》しかった」

衝撃の黒さを思い出してふき出すと、

「おい、俺の餃子、ディスったか?」

と、源は不服そうにする。

あれから一年以上が経っているなんて、信じられない。弟たちとの生活は毎日が濃密で、あっという間に時間が過ぎていく。

「あ、新しい味に挑戦してみる？」

そう提案すると、源は疑わしげに、

「……俺の餃子、食う気ねぇじゃん」

「食べますよ。すべて食べますよ」

「食い意地の権化《ごんげ》か」

あきれた声音《こわね》に、糸はふふっ、と笑いを返した。こういう気軽なやりとりもひさしぶりだ。

「はい権化です。いいよ、なんとでも好きに呼べば？」

糸はエコバッグを振りながら源の先を行く。

「今さら源になに言われたって、ぜんっぜん平気」

「……うざい」

「当たり」

「チビ」

「知ってる」

「年上ヅラ」

「そうだね」

糸は声を立てて笑った。

初めて言われた時はムカッとしたけど、今ではもうなんとも思わない。むしろ、拗《す》ねた口ぶりが可愛《かわい》くさえ思える。

「お前なんか……」

「うん、なんか？」

源は沈黙した。

糸はふふん、と余裕の構えで次の悪態を待つ。

「もっと俺だけ見てればいいんだ」

「そうそう……」

告げられた言葉の意味に遅れて気づき、糸は源を振り返った。

「え？」

夕日に照らされた源の髪は、いつもと違うオレンジ色。自分を見つめるまなざしも、いつもとは違う色を帯びていた。

「好きだ」

心臓が飛び跳ねた。

目を瞬かせる糸をまっすぐに見つめ、源は続ける。

「家族としてじゃなく、糸が好きだ」

熱がじわりじわりと体中に広がっていき、糸の呼吸は速くなる。

「……でも……」

糸は源から顔をそむけた。

信じられない。源が同じ気持ちだなんて……。

これは自分の願望が見せる白昼夢《はくちゆうむ》なのではないだろうか。

とまどう糸に、源は近づいた。

そっと伸ばされた手に、糸の頰《ほお》は優しく包みこまれた。手のひらから伝わる温もりが、これは夢ではないと告げている。

「俺だけ見ろって」

真正面から見つめられ、糸はその美しい顔から目が逸《そ》らせない。

「私も……源が……」

想いをこめてつぶやくと、源は表情を柔らかくほころばせた。

「知ってる」

源は糸の頭をひとなでてすると、自分の胸へと引き寄せた。

慣れ親しんだ柔軟剤のにおいに包まれながら、糸は源の背中に手を回す。こみ上げた喜びと安堵《あんど》に、涙が頬を伝った。

家族、姉弟、同級生……。

あらゆる枠《わく》を飛びこえて、ようやくほしいものを手に入れた二人は、目線を合わせて笑い合った。

「今日は素直だな」

「源こそね」

「うるせぇ」

笑って言った源は、糸から離れて歩き始めた。糸も笑って、

「うるさくないでしょ」

「ほら、早く餃子の材料買いに行くぞ」

照れ隠しのように、源は走り出した。

「待ってよ」

糸は笑顔でその背中を追いかける。

その様子を夕日だけが温かく見守っていた。

エピローグ

二度目の夏が成田《なりた》家にやってきた。

明るい日差しが庭を照らす。種から育てたひまわりたちが見守る中、糸《いと》たちはバーベキューコンロを囲んでいた。

「イエーイ！　お肉ぅ！」

網《あみ》の上で油をしたたらせる肉を見下ろし、類《るい》がはしゃいだ声を上げた。

「いっぱい食べろよ」

と、洛《らく》は焼けた肉を類の皿に山盛りにのせる。

「野菜はまだか？」

源《げん》が声を上げた。糸は「はいはーい」と切った野菜を大皿にのせ、うちわを片手に汗を流す源のもとに運んでいった。

「ありがと」

皿を受け取り源は微笑《ほほえ》んだ。糸もまた、微笑みを返す。

始まったばかりの恋は、ただ甘い。

自分と源の立場を思えば、きっとこれから大変なことはいくらでも起きるだろう。けれど今は、この甘さに浸っていたい。

「おい、柊《しゅう》」

突然、源が声を上げた。コンロのそばに立つ柊は、ちゃっかりと源の皿から肉をつまんでいた。

「それ、俺の肉だろ」

源は柊をにらむ。しかし柊はどこ吹く風で肉を頬張り、

「うまー」

「おい！」

伸ばされた兄の手から、柊はするりと逃れた。

始まった追いかけっこに、糸は「危ないでしょ！」と二人を叱《しか》る。そこへ類が泣きべそをかきながらやってきた。

「ジュースこぼしちゃったぁ」

類はぐっしょりと濡れたTシャツの裾《すそ》を引っ張り、ぐすりと鼻を鳴らした。

「なんでそんなことになっちゃったの⁉」

慌てる糸に、「姉さん、タオル」と洛がタオルを差し出した。

糸はかがんで類のTシャツを拭く。と、走り回っていた柊がテーブルにぶつかり、飲み物を入れていたクーラーボックスがひっくり返った。

「わ、ごめん！」

「もう……！」

次から次へと、トラブルばかり起こすんだから……。

糸はため息とともに立ち上がり、弟たちを見回した。

大騒ぎする弟たちは、みな笑顔だ。その姿があまりに楽しげで、怒る気持ちがどこかへ行ってしまう。

——お父さんお母さん、お元気ですか？

この瞬間の幸せを伝えたくて、糸は心の中、北海道にいる両親に語りかけた。

こちらは思っていた『普通の家族』とは、ちょっと違うような気がするけど……。

それも全部ひっくるめて、楽しく元気にやっています。

「あらぁ、賑《にぎ》やかでいいわねぇ」

塀《へい》の向こうから隣人の女性が話しかけてきた。

糸は笑って頭を下げる。

「うちの弟どもがすみません！」

※この作品はフィクションです。実在の人物・団体・事件などにはいっさい関係ありません。

集英社オレンジ文庫をお買い上げいただき、ありがとうございます。
ご意見・ご感想をお待ちしております。

● あて先
〒101-8050　東京都千代田区一ツ橋2-5-10
集英社オレンジ文庫編集部 気付
宮田　光先生／オザキアキラ先生／根津理香先生

映画ノベライズ
うちの弟どもがすみません

集英社
オレンジ文庫

2024年11月24日　第1刷発行

著　者　宮田　光
原　作　オザキアキラ
脚　本　根津理香
発行者　今井孝昭
発行所　株式会社集英社
〒101-8050東京都千代田区一ツ橋2-5-10
電話【編集部】03-3230-6352
【読者係】03-3230-6080
【販売部】03-3230-6393（書店専用）
印刷所　大日本印刷株式会社

ISBN 978-4-08-680589-6 C0193